당신이 너무나 서툴게 다루었던,
세상에서 가장 아름다운 것에 대하여

애인과 함께 보는 좀 야한 연애 지침서

뇽뇽

임미리 글, Averill 그림

1판 1쇄 발행 | 2019. 6. 3

발행처 | Amazones
발행인 | 하응백
출판등록 | 2002년 6월 5일 제2002-113호
서울특별시 종로구 삼일대로 457 1009호(경운동, 수운회관)
기획 홍보부 | 02-6327-3535, 편집부 | 02-6327-3537, 팩시밀리 | 02-6327-5353
이메일 | hbooks@empas.com

ISBN 978-89-6078-705-6 13800

차례

1 / 우리가 서툴게 다루었던 섹스

누구나 하지만 아무도 말 못 하는 ··· **9**

　연습. 달달한 우리만의 섹스 언어 만들기 ··· **14**

속궁합 ··· **16**

Bigger is better? ··· **24**

여자여, 음담패설을 해방하라 ··· **33**

미안, 냄새나 ··· **48**

2 / 좋은 관계, 좋은 섹스

만나서는 안 될 블랙리스트 ··· **61**

외로운 나, 트라우마 ··· **72**

좋은 말 / 나쁜 말 ··· **83**

　연습. 이방인 연습하기 ··· **120**

가치관으로 이상형 찾기 [섹스하기 좋은 사람] ··· **128**

3

섹스, 왜 하는 걸까

섹스의 목적, 힐링 ··· 149

위대한 멈춤, 오르가슴 ··· 164

그래도, 사랑 [뜨거운 밤을 위한 시나리오] ··· 179

4

오늘밤 그대에게 팡파르를

이 밤, 최고의 파트너와 즐기기 [자위] ··· 191

나의 XX도전기 [케겔 운동] ··· 205

애무, 사랑의 춤 ··· 220

자웅동체 ··· 233

-에필로그- 여기까지 온 당신에게 ··· 240

1

우리가
서툴게 다루었던
섹스

누구나 하지만
아무도 말 못 하는

희미한 촛불 너머 네가 여리게 흔들린다. 달아오른 뺨이 발그레하다. 올해로 스물아홉. 연애 경험이 처음도 아닌데 이 남자에게 설렌다. 입속 스테이크 한 조각 오물거리는 것조차 조심스럽다.

서달. 나이 30세. 몸이 술에 젖자 남자의 시선은 전보다 대담해졌다. 털썩 자리를 당겨 안더니 어느새 숨소리를 느낄 수 있을 만큼 거리를 좁혀왔다. 그의 손끝이 조심스레 손등을 타고 올랐다. 낯선 감촉이었지만 따스한 온기가 피부로 스며들었다. 나는 태연하게 미소를 지어보였다. 그러나 이미 머릿속은 그와 함께 밤의 끝을 향해 달려가고 있었다. 그도 이런 상상을 하고 있을까. 이때 산통을 깨는 그의 한마디.

서달: "고백할 게 있는데…, 나… 사실 성 경험이 없어."

지금 타이밍에 이런 말이 여자를 당황스럽게 한다는 걸 모를 만큼 순진한 남자라 생각해야 할까.

예상치 못한 얘기에 당황스러웠지만 내가 이 사람의 첫 여자가 된다는 사실은 명백했다. 걱정과 흥분이 묘하게 교차되고 있었다.

예전에 영화 '40살까지 못 해본 남자'의 포스터를 보면서 '풋'하고 웃었던 기억이 있다. 그때도 지금도 마흔이란 나이는 성숙을 표상하는 단어로 받아들여진다. 가정, 사랑, 일, 섹스를 바라보는 남자의 육체와 정신이 성숙의 단계로 접어든다고 인식해왔기 때문이다. 이 영화 제목에 살짝 웃음이 나며 호기심이 생기는 건 과연 나뿐일까.

당신도 때가 되면 이 숭고하고 아름다운 '성'과 '관계'의 세계로 초대받는다. 경험이 없는 이들에게, 첫 경험은 늘 환상의 세계로 존재한다. 새하얀 침대에 누워 상대의 숨결을 느끼며 부드럽게 사랑의 언어를 속삭인다. 입 끝에 부드럽게 전해지는 둘의 관계는 피부를 뚫고 폐와 심장을 관통하는 뜨거운 황홀을 선사한다. 그 세계에는 아픔도 없고 실망도 없다. 후회 없는 관계를 끝낸 후 식지 않은 몸을 부둥켜안고 서로의 몸을 어루만질 때 한 사람의 몸은 성숙하고 깊은 몸으로 다시 태어난다.

하지만 현실에서의 섹스는 어떨까. 첫 경험의 기억을 들춰보면 끔찍했던 기억부터 떠오른다는 얘기를 더 많이 듣게 된다. 생각지도 못한 동아리 술자리에서 만취한 상태로 감정도 없던 선배와 관계를 가져버렸다거나, 상대가 누구였는지 기억조차 못하는 사람도 있었다. 호기심을 채우려다 후회를 채우는 일. 남성들이라고 다르지는 않았다.

첫 관계, 무엇이 문제였을까?

소중한 첫 경험을 스스로 망쳐버리는 이유는 이에 대해 제대로 알 기회가 거의 없어서다. 우리가 아는 섹스란 괴성에 가까운 탄성과 과장 섞인 판타지가 질펀하게 뒤섞인 이미지에 머문다. 감정은 없고 육체관계만 존재하는 특정 영상물이 때론 우리의 선생님이다. 그러나 서로에게 감정 없는 섹스와 둘이 하는 자위가 다를 게 무엇인가.

누구나 하지만 아무도 뱉지 않는 말, 섹스. 이 단어 자체에 심한 불쾌감을 갖거나 죄책감을 느끼는 사람들이 있다. 친구와의 대화 중 생각 없이 '섹스'란 말이 나오기라도 하면 조용한 구석으로 날 밀어 넣는다. 불안한 눈빛의 친구는 검지손가락을 입술에 갖다 대며 '쉿-!'이라고 말한다. 섹스를 섹스라고 말하는 것이 사회에서는 여전히 금기인 것이다. 난 언제부턴가 섹스를 '뇽뇽'이라 말하는데, 친구들을 편하게 해 주기 위해 고안해 낸 것이다. 선명한 성관계를 떠올리게 만드는 어감을 조금 순화하고자 한 의도다. 이 섹스의 은어가 만들어지고부터 지인들과의 성적인 대화는 훨씬 편해졌다.

맛있는 섹스

어떻게 하면 즐겁고 맛있게 섹스를 할지 고민해 본 적이 있는가? 아니, 어떻게 하면 즐겁게 섹스에 대해 대화할 수 있을지 고민해 본 적이 있는가? 지난여름 다녀왔던 여행에 대해서 말하듯이 말이다. 즐거웠던 순간들과, 그렇지 못했던 이유들에 대해서.

인간이라면 누구나 섹스를 즐기고 행복해질 권리가 있다. 하지만 우린 섹스를 억압해왔다. 아닌 척, 모르는 척. 하지만 모두가 하고 있는 공공연한 비밀. 나는 섹스가 좋다. 사랑하는 사람과 서로의 존재를 섞고 경험할 수 있는 육체의 관계를 사랑한다. 그것에 대해 이야기하는 것이 자연스럽고, 즐겁다. 당신은 그러한가?

그렇지 못했다 해도 괜찮다. 이 책을 통해 당신은 변할 수 있기 때문이다. 지금 하고 있는 사랑, 앞으로 만나게 될 사랑이 달라질 것이다. 이 새로운 관계는 내가 만들어 주는 것이 아니라 당신의 생각이 변하면서 자연스럽게 따라오게 되는 결과다. 기대해도 좋다. 못 견딜 정도의 행복을 당신에게 선물하고 싶다. 당신이 얼마나 받아들이느냐에 따라 그 정도는 달라지겠지만. 그래도 한 가지 바람이 있다면 이 책을 읽어가는 동안 절친한 친구와 편안히 이야기 나눈다고 생각해 주길 바란다. 아주 깊은 비밀도 터놓을 수 있는 그러한 친구 말이다. 나는 이 이야기를 나눌 수 있는 당신을 사랑하며, 당신에게 온 마음을 열고 다가가고 있다. 이제 가장 맛있는 음식을 앞에 두고 나와 이야기 해 보자.

당신이 너무나 서툴게 다루었던,

세상에서 가장 아름다운 것에 대해.

● ● ●

연습 달달한 우리만의 섹스 언어 만들기

내가 효과를 보았던 방법 중 하나를 같이 연습해 보았으면 한다. '섹스'를 '농농'이라고 바꾼 것처럼 아직 약간은 어색하고 거북한 단어들을 바꿔 불러 보자. 자기에게 살가운 어감의 단어를 직접 만들어 보는 것이다. 이를 통해 성에 대한 당신의 부정적인 선입견을 걷어내는 효과를 느낄 수 있을 것이다. 커플만의 은어를 만들고 쉽게 말할 수 있게 되면 성에 대한 파트너와의 대화가 편하고 더 깊어지게 된다.

재밌게 즐기자.

단어	미리 용어	이유	나의 용어	이유
섹스	농농	섹스를 귀엽게 표현		
여성의 성기	소중이	나의 성기는 소중하므로		
남성의 성기	사랑이	사랑하는 사람의 것		
오르가슴	천국	천국에 도달하는 느낌		
자위	연습	섹스를 위한 연습		
콘돔	우산	우산처럼 씌우는 것이므로		

이 방법은 예민하고 부끄러워하는 여자라면 반드시 해 볼 것을 추천한다. 재미있는 게임을 하듯이 용어를 만들다 보면 남자친구와의 거리를 좁히는데 효과적이다. 언어가 통하는 곳에 감정이 깃드는 법이다. 언어는 감정의 길이다. 심리학에서 말하는 '라포(rapport, 신뢰관계)'도 서로 간의 감정의 길을 만드는 과정이다.

각자 방법은 다르겠지만 목표는 같다. 마음을 열게 하는 것. '창문을 열어다오'라고 정성을 다해 노래하면 정말 창문이 열린다. 상대가 원하는 낭만적인 언어라면 더욱 좋다.

이후 이 책에 등장하는 섹스에 관한 용어는 기본적으로는 본래 용어를 쓰되 가끔 위에서 정한 '미리의 용어'로도 써 내려갈 것이다. 무슨 뜻이었지? 하고 생각하다 당신의 얼굴에 피식 웃음이 날 수 있도록. 지금부터 당신은 나와 우리만의 용어를 나누는 비밀 친구다.

다음 두 챕터에 걸쳐서, 남성과 여성의 뜨겁고 달달한 오해에 대해 다룰 것이다. 기대하시라. 자 그럼 지금부터 내 손을 잡고 한 발짝씩 '천국'을 향해 걸어가 보자.

속궁합

미소와 서달의 두 번째 만남. 여전히 쑥스러운 두 사람은 적당한 거리를 두고 네온으로 물든 홍대 밤거리를 거닐고 있다.

미소: "우리 저기 들어가 봐요."

사주카페가 보여 불쑥 말을 꺼냈다. 은근슬쩍 그의 마음이 궁금하기도 했던 나는 그의 팔을 이끌었다.

이내 우리는 보헤미안 스타일의 검붉은 원피스를 입은 역술인과 마주 앉았다.

역술인: "생년월일과 이름 말씀해 주세요, 태어난 시간도요."

순간 그녀는 날렵한 손놀림으로 무언가를 적기 시작했다.

역술인: "사주에는 나무, 물, 금속, 불, 땅 이렇게 다섯 가지 속성이 있어요. 아가씨는 나무가 굉장히 많으시네요. 이럴 땐 물이 가득한 남자를 만나면 편합니다. 그런데 남자분이 물이 가득하시니 둘의 합이 굉장히 잘 맞아요."

서달: "아 저희가 잘 맞는다는 얘긴가요?"

처음에는 별 관심 없는 듯하더니 이 남자 어느새 사주풀이 듣느라 열심이다.

역술인: "네 그런데 속궁합은 좀 안 좋네요."

미소,서달: '헉!'

순간 나도 남자도 놀란 눈썹이 삐죽 솟아올랐다. 부끄러움이 밀려와 더 이상 묻지 못하고 황급히 그곳을 빠져나왔다. 아직 포옹도 못 해본 사인데, 속궁합이라니. 식은땀이 났다.

속궁합은 운명이다?

사주는 사주다. 운명이 어쩌네, 속궁합이 어쩌네 하는 말에 지레 겁먹을 필요 없다. 예전에 사주를 보는데 '속궁합에서, 이 사람 아니면 당신은 평생 만족하지 못할 것'이라는 사람을 만났다. 그러나 지내다 보니 꼭 그렇지도 않았다. 오히려 새로 만난 사람과의 관계가 훨씬 더 즐거웠다.

현재 아래의 걱정을 갖고 있는 사람들은 이 파트를 잘 살펴보길 바란다.

1. 나는 현재 애인과 속궁합이 좋지 않다.
2. 속궁합은 지금도 별로고 앞으로도 별로일 것이라고 생각한다.
3. 남자가 제대로 리드하지 못한다고 생각한다.
4. 여자가 언제나 아파하는 것 같다.
5. 섹스를 위한 섹스를 하는 것 같다.

자신은 어떤 성향일까를 한번 떠올려 보자. 음향오행을 몰라도 좋다. 나는 섹스를 할 때 어떤가? 땅처럼 모든 것을 받아주는 쪽인가, 불처럼 뜨겁게 리드하는 쪽인가. 우리나라 여자들의 전통적인 이미지는 주로 바닥에 누워 있는 나무처럼 수동적이다. 쑥스러워하며 이불로 몸을 감추는 것이 미덕처럼 여겨진다. 반면 경험 없는 남자들은 자기 혼자 휘발성 강하게 타오르다가 삽시간에 소진되어 버리는 불이기 십상이다.

미소는 데이트를 마치고 돌아와 친구 다해에게 전화를 걸었다. 그녀는 10년도 넘은 절친한 친구다.

미소: "다해야 나 오늘 그 남자 또 만났는데, 사주카페를 갔거든."

다해: "응 그래? 거기서 뭐래?"

미소: "사주가 서로 잘 맞는 편이래. 겪어봐야 알겠지? 그런데 속궁합 이야기를 하더라. 아직 얼마 되지도 않았고, 서달 씨가 성 경험이 없잖아. 그래서 얼마나 민망했는지 몰라. 게다가 속궁합도 안 좋다지 뭐야."

다해: "어머, 민망했겠다. 그나저나 서달 씨가 경험이 없다니 농농은 물 건너간 거 아냐?"

미소: "사람은 진짜 좋은데……."

다해: "사람이 좋으면 된 거야. 우리는 사주가 그렇게 좋았는데, 매일 싸우잖아. 처음에만 좋았지. 하지만 농농의 중요성은 무시할 수 없긴 해. 사실 나도 그거 때문에 자주 싸워."

미소: "정말, 왜?"

다해: "만난 지 벌써 1년이 됐잖아. 서로에게 너무 익숙해졌달까? 예전처럼 뜨겁지도 않고. 이제는 나보다 친구들을 더 자주 만나더라고. 연애 초기에 뿜어져 나오던 도파민이 이제 사라지나봐. 내가 항상 첫 번째였는데. 이젠 두 번째가 되기도 힘드네. 초반에는 내가 아프기라도 하면 열일 제쳐 두고 달려 왔었잖아. 바빠도 연락하면서 챙기고. 그땐 그런 남잔가 했지. 하지만 지금 생각해 보면 나한테만 자상하길 바라는 건 욕심이었나 봐."

미소: "그랬구나."

다해: "엊그제 있잖아. 계단을 내려가다 발을 헛디뎌 발목이 삐끗한 거야. 그래서 전화를 했지. 그랬더니 뭐라는지 아니? 집에 가서 푹 쉬란다. 서운했지만 바쁜가보다 하고 그냥 택시타고 돌아왔어.

미소: "응."

다해: "다음 날 이 남자, 친구들이랑 얼큰하게 해장하고 나서 보고 싶다며 우리 집으로 온 거야. 그런데 방안으로 들어서자마자 격하게 껴안으면서 하고 싶다고 하는 거 있지. 그러면서 한 쪽 손은 이미 내 셔츠 안을 휘젓고 있더라고.

미소: "어머 진짜 짜증났겠다."

다해: "어. 그래서 내가 말했지. 야! 빼!"

문제, 그녀가 섹스를 거부한 이유는 무엇인가?

1. 갑자기 하고 싶다고 해서
2. 친구들을 만나서
3. 집에 가서 푹 쉬라고 해서
4. 다친 날 다음날에 집에 와서

정답은? 3번이다. 그의 집에 가서 푹 쉬라는 말이 그녀에게는 친구들이랑 만나야 되니까 방해하지 말라는 뜻으로 들렸던 것이다. 사실 그녀가 바란 대답은 '괜찮아? 걸을 수 있겠어? 지금 데리러 갈까?'라는 여자에 대한 존중과 배려있는 모습이었다. 아플 때만큼은 내가 우선이길 바랐던 것이다. '두번째가 되기도 힘든' 것이 서러웠던 것이다. 여자들은 이럴 때 사랑이 식었다고 느낀다. 이런 사건이 벌어진 후에는 육체관계의 시도는 여자에게 강한 거부감을 불러일으킨다. 문제가 해결되지 않고서는 키스건 섹스건 여자에게 어떤 자극도 줄 수 없다. 여자는 섹스 자체가 아니라 섹스로 가는 스토리를 사랑한다. 여자의 섹스는 데이트 약속이 정해진 그 순간부터 시작된다는 걸 남자들은 모른다.

여자의 섹스 안에는 어떤 날의 남자에게서 받은 감정, 서운함, 기쁨, 놀람 등이 얽혀 있다. 여자는 마음은 남자의 관심으로만 열수 있다. 그래서 그에게 아무 이유 없이 꽃이라도 한 송이 받은 날은 온 마음이 활짝 열린다. 이 단계에서 여자는 섹스를 상상하지 않는다. 이 들뜬 황홀감이 마음을 적시는 순간을 여자는 즐긴다. 마음이 누그러지면 그때서야 조금씩 몸이 열리기 시작한다. 마음이 몸까지 적시고 나면 여자는 남자와의 밤을 꿈꾸기 시작한다. 그리고 스스로 마음의 준비를 한다.

격정적인 키스와 빠르게 서로의 몸을 허무는 섹스비디오의 한 장면은 여자의 몸과 마음이 남자로 충분히 숙성된 뒤의 이야기다. 사실 여성이 섹스를 원하게 되는 이유는 다양하지만, 사랑하는 사이에서 이루어지는 관계에서는 여성에 대한 감정적 배려가 도움이 된다. 남성도 이러한 면을 가지고 있다. 이 책에서 다루고자 하는 주요 포인트는 이러한 감정들의 해결이다. 문제는 전후를 생략하고 전개되는 섹스 영상에 남자들이 왜곡된 판타지를 갖는다는 사실이다.

여자의 섹스는 남자와의 첫 만남에서부터 벽돌을 쌓듯 한 장 한 장 만들어 가는 것이다.

한편 남자가 시각적인 동물임은 널리 알려져 있다. 일에 지치고 힘들지라도 그녀의 풍만한 가슴을 떠올리면 자신도 모르게 페니스가 솟구친다.

이렇게 섹스그래프가 다른 두 남녀가 만나서 궁합을 맞추는 것이 가능은 할까 싶지만 그리 어려운 문제도 아니다. 서로의 속도가 달라서 그렇지 누구에게나 강한 성욕은 존재하기 때문이다. 나이를 먹고 몸이 성숙해가면서 성욕이 더 강해지는 시기가 오기도 한다. 실제로 30대 이후나, 출산 후에 성욕이 강해진다는 여성들을 수없이 보아왔다. 그러나 20살-30살까지는 자기의 성을 제대로 느껴보지 못한 여성들이 많다. 오르가슴을 제대로 느껴 본 적이 없는 그들이 하는 말은 이렇다.

'저는 성욕이 없어요.'
'아프기만 해요.'
'취업이나 일이 바빠서 그런 거 생각할 여유가 없어요.'
'남자친구가 관계 때문에 나를 만나나 싶어 슬퍼질 때도 있어요.'

반대로 자신의 성을 이해한 여성들이 하는 말이 있다. 진정한 속궁합을 느낀 여자들이다.

'여자로 태어난 게 너무 축복인거 같아요.'
'이렇게 온전히 사랑받는 기분은 처음이에요.'
'스트레스 받았던 다른 일까지 해결되는 기분이에요.'
'피부가 좋아졌어요.'
'세상이 핑크빛으로 보여요.'

속궁합이 맞는 커플이란, 이런 말을 남녀가 함께 하는 이들이다. 그렇다면 진정한 속궁합을 만들 수 있는 방법은 무엇일까?
첫 번째는 그녀 자신이요 두 번째는 그 남자이다. 첫째로 그녀가 자신의 몸을 깨울 준비가 되어야 한다. 두 번째는 그 남자가 그녀의 몸을 깨워 함께할 준비가 되어야 한다. 자세한 내용은 뒤에서 더 다루도록 하겠다.

한날한시에 같은 사주로 태어나도 노숙자-대기업회장의 신분으로 각각 다르게 살아 갈 수 있다. 즉, 그대의 사랑이가 운명적으로 작게 태어났어도, 그대가 만나는 여자를 세상 누구보다 섹스를 사랑하는 여자로 만들 수 있을 것이다. 반면 그대의 사랑이가 평균 혹은 그 이상으로 태어났어도, 그대가 만나는 여자를 우울증에 빠지게 만들 수 있다.

중요한 것은 무엇일까.

● ● ◐

Bigger is
better?

　남자에게 말하고 싶다. 테크닉, 강한 삽입, 지속력의 문제는 오르가슴에 절대적인 영향을 미치는 요소가 아니다. 여자를 이해하고 소중한 무언가를 다루듯 존중하고 마음을 다하면 여자는 함께 있는 것만으로도 남자 안에서 젖어들 수 있다.

　멕시코에 살고 있는 로베르토는 세계에서 가장 큰 페니스를 가지고 있다. 하지만 당신이 그의 영상을 본다면 기겁을 할 것이다. 남자들의 '세 번째 다리'라고도 하는 성기가, 정말 다리처럼 길게 무릎까지 내려와서 흔들리고 있기 때문이다. 도대체 얼마나 길까. 그의 물건은 45cm로 성인 남성 세 명의 성기를 이어놓은 것만큼 크다.

　그렇다면 이 남자는 다수의 여자를 거느리고 많은 횟수의 섹스를 할까? 그렇지 않다. 그는 자신의 페니스가 너무 커서 받아줄 여자가 없다고 말한다. 지금까지 두 명의 여자를 만났지만 그의 페니스를 보자마자 도망치듯 그를 떠났다는 것이다. 그는 현재까지 독거남이다. 자식도 없고 섹스도 할 수 없다. 의사가 축소수술을 권했지만 자신의 페니스에 대한 자신감이 대단한 그는 수술 제안을 거절했다.

한편, 나는 최근 쇼킹한 영상을 접했다. 얼굴 크기의 '고환'을 가진 남자가 등장한 것이다. 화면 속에는 거대한 수박 같은 고환이 묵직하게 덜렁이고 있었다. 특히 여자들은 그것을 보면 소리를 지를지도 모른다. 더 충격적인 것은 사정 장면이다. 새하얀 정액이 샤워기를 틀어놓은 듯 뿜어져 나왔다. 거의 몇 초면 끝나는 사정을 몇 분이고 지속하면서 상대 여성의 몸에 정액을 뿌려대는 것이다.

성을 이처럼 저급하게 소비하는 영상을 통해 내 눈에 비친 것은 크기에 대한 남성들의 집착이었다. 너무 커서 쓰지도 못할 물건이면서, 이런 걸 여성에게 들이미는 것 자체가 폭력이란 사실을 남성들은 깨닫지 못하는 것 같다. 여기서 잠깐, 이 영상 속 남자는 도대체 무엇에 흥분하는 것일지 잠시 생각해 보자. 단지 크기에 만족하는 걸까, 시각적으로 흥분하는 것일까. 나 또한 이에 의구심을 품었는데, 이 영상을 본 남성 친구의 대답에서 아하! 하고 깨달음을 얻었다.

'오랫동안 느낄 수 있잖아'

생각해보니 일리 있는 말이다. 남자들의 사정은 짧은 건 사실이니까. 남자의 시각에서 그렇게 느낄 수 있겠다는 생각이 들었다. 그렇다고 해도 만약 내 남자친구가 그렇게 거대한 고환을 가지고 내 얼굴에 마구잡이로 싸댄다면 진심을 다해 싸울지도 모른다. 눈도 뜨지 못하고 숨도 못 쉰 채 정말 괴로울 것 같다.

무엇이 크고 무엇이 작은 것일까. 모 대학 교수팀이 20대 남성들에게 자신의 음경 크기에 대한 인식에 대해 설문조사를 했다.

나의 음경은 크다고 생각한다 4%
나의 음경은 작다고 생각한다 25%

음경의 평균 길이는 11cm이다. 자신의 음경이 작다고 생각한 남자들을 실제로 측정해 보니, 11cm 이하인 사람은 5%에 불과했다. 남성들에게 크기란, 주로 시청하는 영상이나 친구, 대중목욕탕에서 본 타인의 것들과 비교해서 생각하는 것이 대부분일 것이다. 하지만 여자입장에서는 크기는 상대적인 개념이며, 중요한 것은 따로 있다. 실제로 여자들의 질의 평균 길이는 9cm이므로 남자들이 평균 이하여도 크게 상관이 없고, 이론적으로는 음경의 길이가 5cm만 되어도 여성을 흥분시키는 것에 큰 지장이 없다고 한다.

남자의 크기에 관해 내가 가장 충격을 받은 이야기를 해보겠다.

한 남자와 여차저차 서로 좋은 감정으로 만나다가 어느 날 관계를 하게 되었다. 그의 것을 보는 순간 잠시 내 눈을 의심했다. 너무 작아서. '머리' 부분만 보이는 것이다. 나는 속으로 '그래. 여의봉 같은 스타일일 거야. 커지겠지, 긴장해서 그런 걸 거야.'라는 생각으로 상황을 진행했다. 그러나 웬걸. 가장 커졌을 때의 길이가 어림잡아 나의 엄지손가락 길이 정도밖에 되지 않는 것이다. 게다가 그는 성 관계가 처음이었던 나머지 왕복으로 10회도 움직이지 못하고 종료선언을 했다. 머리를 망치에 맞은 것 같았다. 분명 키도 크고 어깨도 넓고 허벅지도 굵고 여러모로 부족함 없어 보였던 그에게 충격을 받은 것이다. 그가 돌아가자마자 친구에게 바로 전화를 걸어 고민을 털어놨다. 너무 당황해서였을까, 나도 모르게 손이 떨리고 있었다. 진지하게 이야기를 나눈 후, 나도 친구도 더이상 관계를 지속할 수 없다는 결론에 이르렀다. 나는 그를 '엄꼬'로 칭했다. '엄지고추'를 줄인 말이다. 지금 당신이 피식 하고 웃음을 지을 수도 있지만, 그때의 나는 정말 심각했다. 씁쓸한 마음을 승화시키기 위해 그의 이름을 재미있는 용어로 대체했다. 그와 연인 사이가 진행 중이었는데, 그 사건을 계기로 그 사람에게 미안하지만 연인이 될 수 없겠다고 솔직히 털어 놓았다.

그러던 어느 날 그의 소식을 들으니 여자친구가 생겼다고 했다. 나는 확신했다. 얼마 못 갈 것이라고. 그러나 그들은 거의 2년 남짓 사귀었던 것으로 기억한다. 반드시 성 관계를 가졌다는 보장은 없지만 그럴 가능성이 높았고, 그 '엄꼬'남과 2년을 함께 한 그 여자가 대단해 보였다.

'정말 사랑하나봐.' 그때의 나는 그렇게 생각했지만, 지금 생각하면 그의 새 여자 친구와 그의 것이 찰떡궁합처럼 잘 맞았을 수도 있다는 생각이 든다.

그 여성 기준에서 큰 것이지, 당신이 큰 것이 아닐 수도 있다.
그 여성 기준에서 작은 것이지, 당신이 작은 것이 아닐 수도 있다.

절대적인 좋은 크기란 없고, 이 때문에 속궁합이 매우 중요한 것이다. 그런데도 일부 남성들은 음경의 크기를 자존심과 동일시한다. 정말 남자들이 생각하는 것처럼 마냥 큰 것이 좋을까?

다해는 오늘도 피를 보았다. 남자친구와의 섹스 후 화장실에서 소변을 보는데, 휴지에 피가 묻어 나오는 것이다. 아랫배가 뻐근했다.

다해: "아…, 피."

그와 헤어진 후 집으로 돌아오는 길에 근처 일식집에서 미소를 만났다.

다해: "미소야. 나는 늉늉에 도저히 흥미를 못 느끼겠어."

미소: "왜?"

다해: "남자친구의 그게 너무 커."

미소: "진짜? 대체 얼마나 큰데?"

그녀는 손가락을 최대한 벌려보였다. 족히 20cm는 되어 보였다.

미소: "허억! 그렇게나?"

다해: "만나본 남자 중에 제일 큰 사이즈."

미소: "힘들겠다."

다해: "아니, 섹스를 하는데 무슨 아기를 낳는 느낌 같아…."

그 말에 우리는 순간 박장대소했지만 사실 웃을 일만은 아니었다.

다해: "그래서 자꾸 잠자리를 피하게 돼. 이젠 무섭기까지 하다니까. 요 근래 내가 몇 번 거부하니까 툴툴대는데 그렇다고 사실대로 말도 못 하겠고."

미소: "그건 좀 큰일이긴 하다."

이는 실화를 바탕으로 한 다해와 미소의 대화다. 다시 한 번 강조하자면 여성들도 '크기'가 있다는 것이다. 질의 크기도 여자마다 다르다. 질이 작은데 음경이 큰 것은 좋은 궁합이 아니다. 질이 크다고 해도 실제 질에서 오르가슴을 느끼는 지점은 5cm 언저리에 분포하니 크다고 꼭 좋은 것은 아니다.

질은 음경이 크나 작으나 살아 움직인다. 탄력이 있어, 음경이 작으면 조여지고 크면 늘어난다. 이 탄력성이 떨어졌다면 질의 운동을 통해 탄력성을 회복할 수 있다. 개인적으로 음경확대 수술 등을 통해 인위적으로 음경의 크기를 조절하는 것보다, 질의 탄력성을 회복하는 운동을 하는 것이 더 자연스러운 방법이라고 생각한다. 이 부분에 대해서는 '케겔운동' 파트에서 다뤄보도록 하자.

그러니 음경의 크고 작음에 집착할 필요가 없다. 이 집착에서 벗어나는 좋은 방법은 더 높은 차원의 목적의식을 갖는 것이다. 남자인 당신이 기억할 것.

'그녀의 성기를 웃게 하라.'

'웃게 하라니, 성기가 표정이라도 짓는단 말인가'라는 생각이 드는 남자는 관계 후 좋았다는 그녀의 연기에 지금껏 속아왔을지도 모른다. 사랑하기에 그런 척 해주는 여자는 남자들이 생각하는 것 이상으로 많다. 아니 훨씬 많다. 사랑스러운 그녀의 얼굴만 웃게 할 것이 아니라, 몸이 웃게 하자. 이번엔 여자인 당신이 기억할 것.

'그의 성기를 웃게 하라.'

당신 남자의 성기는 웃고 있는가? 사실 그의 사정도 정도가 다르다. 때로는 조루가 되는 남자, 때로는 사정조차 안 되는 남자의 속사정을 당신은 알고 있는가?

'절대, 남자는 다 똑같지 않다.'

남자들도 진정으로 사랑을 느끼는 상대와의 관계에서 느끼는 쾌감이 훨씬 크다. 너무 달뜨고 흥분이 되는 날에는 사정을 급히 하는 경우가 있다. 사랑의 정도에 따라 폭발의 정도가 다를 수 있다. 사랑=사정의 정도라고 단정 지을 수는 없지만, 사랑하는 마음이 사정의 강도에 긍정적인 영향을 미치는 것은 미루어 짐작할 수 있다.
반대로 억지로 이루어지는 관계, 느슨한 관계, 다툼으로 지치거나 존중받지 못하는 관계에서는 남자들도 사정하기 어렵다. 남자를 단순하다고 생각하지만 말고 그의 숨어 있는 감각을 깨워내 함께 오르가슴에 도달할 수 있도록 노력하자. 남자도 의외로 감정이 풍부하고 섬세하다. 적극적이고 능동적으로 움직이는 여자만이 내 남자의 진정한 오르가슴을 끌어낼 수 있다.

그런데 사정만이 진정한 남자의 목적인가? '그렇다'고 생각하는 여성들이 많을 것이다. 그러나 사정을 하지 않아도 쾌락을 유지하는 방법을 아는 사람도 있고, 다음날 컨디션을 위해 오히려 사정하지 않고 즐기는 사람도 있다. 이러한 특별한 경험은 파트너와의 대화를 통해 알아낼 수 있는 둘만의 은밀한 것이다.

어떻게 하면 상대방의 성기를 웃게 할 수 있을까? 이는 나의 몸을 먼저 웃게 한 후 가능한 일이다. 그러니 먼저 자신들의 몸을 체크할 시간을 가져 보도록 하자. 과연 나는 내 몸을 얼마나 사랑하고 있고 상대방을 느끼는가? 다음 항목을 읽고 스스로를 점검해 보자.

1. 나는 내 성기를 5분 이상 쳐다본 적이 있다.
2. 나는 내 성기와 대화를 나눈 적이 있다.
3. 나는 내 성기를 오르가슴 목적 없이 자위해 본 적이 있다.
4. 나는 내 성기의 표정을 상상해 본 적이 있다.
5. 섹스의 마지막은 오르가슴과 사정이 아니라고 생각한다.
6. 나는 섹스를 통해 자위하는 기분과 자극을 똑같이 느껴 본 적이 있다.

이 가운데 3가지 이상에 해당한다면 당신과 상대는 오르가슴의 절정을 동시에 만끽할 가능성이 있다. 당신의 몸이 먼저 깨어나야 상대의 몸이 깨어날 수 있다. 오르가슴의 세포를 깨어나게 하는 방법이 궁금하다면 '자위' 편을 먼저 읽어봐도 좋다.

이를 터득한 당신과 함께하는 파트너는 너무나 행복한 사람이다. 피부는 투명하고 탄력이 넘칠 것이고, 친구 관계가 원만해질 것이며 온 세상이 그저 아름다워 보이는 특별한 경험을 하게 될 것이다. 이러한 관계 속 여성들은 이렇게 이야기할 수 있을 것이다.

'예전에 남자친구와 할 때는 통증이 심해
아기를 낳는 거 같아서 관계를 그만두고 싶었는데,
이제는 그와 결혼해 아기를 갖고 싶어졌어.'

두 사람의 운명이 바뀌는 순간이다.

● ● ●

여자여,
음담패설을 해방하라

신선한 홍합탕이 서비스로 나왔다. 오묘한 모양새가 자세히 들여다보니 여성의 성기를 닮았다. 가운데가 쫙 갈라져 있고 양쪽으로는 통통하게 살이 올라 있다.

다해: "미소야, 홍합탕 생긴 것 좀 봐."

미소: "오, 여자 그곳 같다."

다해: "너무 큰 게 들어오면 이렇게 푹 찢긴다고!"

미소: "지금 너, 너랑 돌진 씨 비유하는 거지."

홍합을 젓가락으로 벌리며 웃음을 짓는 다해다.

다해: "맞아. 너니까 솔직히 말하는 건데, 나 요즘 다른 사람이랑 하고 싶어."

미소: "지난번에 말한 거처럼 지나치게 큰 사랑이 때문에 그런 거야?"

다해: "응 돌진이랑 잠자리 분위기라도 잡히는 날에는 막 공포스럽기까지 해. 그 느낌이 뭔지 너한테 알려 주고 싶어. 그런 감정을 가지고 내가 조금이라

도 젖겠니? 악순환이야, 흥분이 안 되니까 더 아퍼."

미소: "그럴 수 있지. 그래서 다른 사람이랑 하고 싶어? 누구랑?"

다해: "야 이상하게 들릴지 모르겠지만 나 좀 이상 성욕자 같애."

미소: "왜?"

다해: "돌진이랑은 그렇게 하기 싫다가도, 며칠 전 새로 들어온 신입사원이 어깨가 그렇게 떡 벌어지고 막 엉덩이도 탱탱한 걸 보고 이상하게 흥분이 되는 거야! 솔직히 혼자 막 그 남자랑 집에서 뒹구는 상상도 했다?"

미소: "오-. 아니 뭐 우리끼리는 이런 얘기 자주 하잖아. 솔직히 나도 서달 씨 만났을 때, 와- 구릿빛 피부가 어쩜 그렇게 섹시하던지. 보고 반해서 막 혼자 키스하는 상상하고 그랬어."

다해: "근데 네가 생각할 때, 아무것도 모른 채 처음 만난 상대에게 그렇게 성욕을 느끼는 게 여자로서 좀 죄책감이 들어야 될 문젠가? 야한 생각이 들면서도 한편으로는 이상하게 사회적인 죄책감이 밀려오는 거 있지. 내가 너무 밝히는 여자인가 하는 생각이 들면서 말이야. 그래서 생각을 일단 안 하려고 애썼어."

미소: "그러게. 우리끼리나 하지, 어디 가서 떳떳하게 막 이야기할 수 있는 분위기는 아니긴 해. 그렇다고 죄책감까지 가질 필요는 없을 거 같아. 그치만 지금 막 드는 생각은, 니가 남자였다면 그런 말을 해도 남자니까 조금은 이해되는 무의식적인 인정을 했을 거 같아. 남자들이 아무렇지 않게 이야기하는 걸 종종 봐 와서 그런가 봐. 지금 우리가 하는 생각은 도대체 어디에서 왔을까? 좀 의문이 들어."

당신이 여자라면 친구들과 어떤 '음담패설'을 즐기는가? 다해와 미소가 하는 대화보다 수위높게 즐길 수도 있다. 하지만 그것은 남성들과 함께 나누어서는 안 되는 일종의 '비밀좌담' 같은 느낌이다. 혹시 당신은 남성 친구에게 여성 친구에게 하는 것과 똑같이 성 고민을 털어 놓을 수 있는가? 혹은 성과 관련된 유머를 아무렇지 않게 할 수 있는가?

'아니다'라는 대답을 했다면 다음 질문에 대답해 보길 바란다. 당신의 성욕에 대한 인식을 돌아 볼 수 있는 기회가 될 것이다.

아래 표에 성욕에 대한 의견을 적어 보았다. 어느 쪽에 더 동의하는가?

	의견A	의견B
1	여성은 친밀한 상대와의 관계 시 더 흥분한다.	여성은 낯선 상대와의 관계 시 더 흥분한다.
2	여성이 침대에 누운 자세에서 더 흥분한다.	여성이 남성 위에 앉은 자세에서 더 흥분한다.
3	남성이 여성보다 더 강한 욕구를 가지고 있다.	여성이 남성보다 더 강한 욕구를 가지고 있다.
4	오르가슴은 남성이 더 강하게 느낄 것이다.	오르가슴은 여성이 더 강하게 느낄 것이다.
5	남성이 더 자위를 즐긴다.	여성이 더 자위를 즐긴다.
6	여성은 삽입으로 흥분을 더 잘 느낄 수 있다.	여성은 삽입 이외의 방법으로 흥분을 더 잘 느낄 수 있다.

자유롭게 자신의 의견을 애인이나 친구와 함께 토론해 보자. 즐거운 대화가 될 것이다.

아직 부끄럽다면 나와 대화하며 자신의 의견을 속으로 말해 보자.

1. 여성은 친밀한 상대와의 관계 시 더 흥분한다 vs 여성은 낯선 상대와의 관계 시 더 흥분한다

개인적으로 처음 본 남자 혹은 처음 하는 섹스였을 때 최고로 흥분했었다. 그러나 때로는 처음 하는 남성과 전혀 맞지 않아 괴로운 적도 있었고, 친밀감을 바탕으로 이를 극복해 더 흥분된 섹스를 한 경험도 있다. 굳이 선택을 하자면 의견B에 더 공감한다.

2. 여성이 침대에 누운 자세에서 더 흥분한다 vs 여성이 남성 위에 앉은 자세에서 더 흥분한다

나의 소중이의 생김새에 따라 다르다. 여성상위로 전혀 흥분한 적이 없었다가, 나의 소중이와 모양이 맞는 남자를 만나서 여성상위 위주로 하게 된 적이 있다. 개인적인 선택은 의견B.

3. 남성이 여성보다 더 강한 욕구를 가지고 있다 vs 여성이 남성보다 더 강한 욕구를 가지고 있다

나의 남성 친구들은, 사정을 하지 않은 상태로 며칠이 지나면 머릿속에 온통 섹스 생각이 든다고 했다. 여성 친구들은 섹스를 하지 않아도 한 달, 두 달이고 괜찮았다. 성욕이라는 것이 잦은 섹스

에 대한 생각이라면, 20-30대에는 남성들이 훨씬 강하다고 생각한다. 그러나 개인적으로 배란기에 접어들면 나도 모르게 섹스에 대한 무한상상에 빠져 드는데, 나는 이 시기를 즐기고 있다. 배란기에 관계를 가질 때의 나는 남자친구가 놀랄 만큼 적극적이다. 좀 더 지배적으로 변한다. 그러니, 평균적으로는 남성이 강할지라도 시기에 따라서는 여성이 더 강할 수도 있다는 생각이 든다. 개인적으로는 중립.

4. 오르가즘은 남성이 더 강하게 느낄 것이다 vs 오르가즘은 여성이 더 강하게 느낄 것이다

남성의 오르가즘은 주로 1회에 그치지만, 여성의 오르가즘은 2번 3번도 가능하다. 그리고 한 번을 느끼더라도 굉장히 길게 느낄 수 있다. 그 깊이도 다양한데, 단순 클리토리스 오르가즘부터 깊은 자궁 오르가즘까지 있다. 그러므로 오르가즘을 제대로 느낄 줄 아는 여자가 있다면 때로는 남성보다 훨씬 강한 오르가즘을 느낄 수도 있을 것이다. 의견B.

5. 남성이 더 자위를 즐긴다 vs 여성이 더 자위를 즐긴다

남성에게 자위는 때로는 배출의 수단으로 여겨진다. 즐기기 위해서 자위를 하는 사람도 많지만, 공부나 일에 방해가 되어서 하는 사람들도 있다. 정액을 배출하지 못하고 일정 기간이 지나면 매 순간 계속되는 섹스 생각으로 일에 지장이 있다는 것이다. 여성들이

하는 자위는 그럴 필요가 없으므로, 조금 더 순수하게 즐길 수 있는 여지가 있다고 생각한다. 의견B

6. 여성은 삽입으로 흥분을 더 잘 느낄 수 있다 vs 여성은 삽입 이외의 방법으로 흥분을 더 잘 느낄 수 있다

최종적으로는 삽입을 원하지만, 삽입이 아닌 분위기에 주로 흥분하는 편이다. 그러나 삽입자체를 즐기는 여자도 많다. 공통적인 이야기는 분위기가 잡히지 않으면 흥분에 어려움을 겪는다는 것이었다. 의견B

선택은 개인에 따라 다를 것이다. 나도 그렇고 내 주변에는 의견B에 해당하는 여자가 많다. 그들이 자신의 취향을 어필하지 않았을 뿐이라는 걸 남자들은 모른다. 여자들도 섹스를 주도하고 싶어한다. 미칠 듯 불타오르는 섹스를 꿈꾸는 건 남자만이 아니다. '밝히는 여자'라는 낙인이 두려워 인간 본연의 욕구를 감추고 있을 뿐이다.

성경에서조차 여자(이브)는 남자를 파멸로 이끈 장본인으로 그려진다. 여자와 성은 원죄의 고리를 벗어나지 못한 채 오늘까지 이어져오고 있다. 17세기 프랑스와 네덜란드의 해부학자들은 여자가 클리토리스를 지나치게 많이 만지면 남성의 성기로 변한다는 황당한 주장을 펼쳤다. 그들에 따르면 이렇게 남성으로 변한 여자

들이 여자를 강간한다고 생각했다.[1] 세상에! 이 말에 따르면 여성을 강간한 강간범도 원래는 여성이었다는 것이다. 남성에 의해 자행되는 범죄마저도 여성에게 덮어씌우려는 음모가 아닐 수 없다. 이 시대를 살아갔던 여성의 지위를 충분히 짐작할 수 있게 하는 대목이다. 그러니 어떻게 여성들이 성적 욕망을 가지는 것 자체를 두려워하지 않았겠는가. 그들의 몸과 마음은 보이지 않는 심리적인 철창에 갇혀 있었을 것이다.

심지어 17세기에는 유럽에서 자행되었던 마녀사냥으로 여성의 소중한 몸이 농락당하기도 했다. 남자들은 형틀에 매달린 여자들의 하체를 발가벗기고 음부를 만져 부풀어 오르는 부위가 있으면 이를 악마가 빨아대는 젖꼭지라고 부르며 마녀의 증거로 삼았다. 이 부위가 곧 클리토리스이다. 한편 아랍권에서는 오늘날까지도 첫날밤에 속옷에 피가 비치지 않으면 돌로 쳐 죽인다. 그녀들은 죽지 않기 위해서 거금을 들여 처녀막 재생수술을 하기도 한다.[2]

도대체 여성의 성을 이토록 죄악시하는 것은 무엇 때문인가. 난성을 당당히 말한다. 주위의 남자나 여자들이 시선을 어디에 둬야 할지 몰라 허둥대는 모습을 볼 때마다 착잡한 심정이 든다. 여자들은 태어나는 순간부터 원죄를 안고 세상에 나온다. 그렇게 다뤄져 왔기 때문이다. 그러나 나는 '왜'라는 의문을 던지고 싶었다.

나는 여성을 억압하는 제도와 문화를 거부한다. 그 때문에 삶에

1. 대니얼 버그너, 『욕망하는 여자』, 메디치미디어, 2013.
2. 박혜성, 『우리가 잘 몰랐던 사랑의 기술』, 경향신문사, 2008.

비난의 파편이 튈 때가 잦지만 그것들이 나를 침범하게 하지 않는다. 나에게 성은 불합리한 것이었고, 불편한 것이었고, 불안한 것이기도 했다. 내 감정에 솔직한 것이 비난의 이유가 되어 돌아올 때마다 좌절했다. 그럴 때마다 성별을 초월하여 인간이라는 평등한 시선 안에서 나의 행동과 생각을 돌아본다.

어떤 남자가 좋으면 그의 관심을 얻기 위해 나를 내보이는 데 주저하지 않는다. 반면 한때는 과거 우리 사회에서 요구하는 조신한 여자의 정석을 그대로 따랐던 때도 있었다. 그 결과 내게 남은 건 상처뿐이었다. 원하는 사랑은 기다린다고 얻을 수 있는 게 아니라는 사실을 알게 되었다. 대등하게 요구하고, 서로 같은 시선에서 만날 수 있을 때 진짜 대화라는 게 가능하다는 사실을 깨달았다. 나는 나를 깨트리는 데 주저하지 않았다.

지인들에게 '섹스'에 대한 글을 쓰기 시작했다고 하자 당장 우려하는 시선이 느껴졌다. 당황한 그들의 표정을 보는 동안 여러 감정이 복잡하게 교차되었다. 한국 사회에서 이런 생각을 받아들일 지 걱정도 되었고, 한편으론 그렇기 때문에 필요한 이야기가 아닐까 하는 생각도 들었다.

"속궁합, 남자의 물건에 대한 이야기도 다루었어요. 실제로 많은 사람들이 크기가 중요하다고 생각하지만, 크기보다 중요한 것이 있잖아요."

나는 이런 이야기가 자연스럽다. 듣는 사람들은 불편해 하면서도 멈추라고 하지 않는다. 걱정 어린 시선 너머로 호기심에 가득찬 어린아이가 나를 쳐다보고 있는 것을 느낀다. 처음에는 당황하던 사람들도 편안하게 이야기를 이어나가다 보면 조금씩 스스로의 장벽을 걷어내며 대화의 테이블 안으로 들어온다. 그리고 재미있어 한다. 여자의 입을 통해 들을 일이 거의 없던 성에 대한 이야기에 남자들은 자신의 성적 무지에 직면하고 아연실색하기도 한다. 그들을 처음 만나는 자리임에도 어느새 자기 얘기를 들어달라며 하소연하듯 상담하기에 이른다. 다음은 그들의 이야기다.

고민남1: "여자 친구를 너무 사랑하는데, 여자 친구는 침대 위에서 너무 소극적이에요. 뭘 물어봐도 대답도 하지 않고 그냥 좋다고만 하는데 실제로는 못 느낀다는 것을 저도 느껴요."

고민남2: "제 와이프가 항상 '의무방어전'처럼 저와 섹스를 하는데, 저는 아직도 와이프를 사랑하고 달아올라요. 그녀가 왜 거부하는지 이유를 모르겠어요."

자연스레 나는 토론의 진행자가 된다. 나는 '성상담'이라는 말보다는 '성토론'이라는 접근이 문제해결에 적합하다고 생각한다. 일방적으로 내려주는 정답은 크게 도움이 되지 않는다. 성적 고민을 나누는 그 자체가 해결의 지름길이다. 말로 꺼내다 보면 어느새 반은 정리된다. 고민과 의견이 교차하는 사이에 고민하던 사람 스스로 해결의 실마리를 찾는다.

예를 들어 고민남2를 상대로는 '하루 종일 일했다는 핑계로 설거지를 한 번도 안 해서', '부끄러워하는 것이 미덕인 줄 알아서', 등등 여러 가지 의견들이 나왔다. 고민남2는 생각해 보니 어떤 문제가 있었는지 알 것 같다며 오늘 가서 설거지부터 해 봐야겠다고 미소 지었다. 자신의 고민을 말했던 다른 사람들도 돌아가서 다시 한 번 사랑하는 사람과 좋은 관계를 시도해 보겠노라며 웃으며 떠났다. 그 과정이 너무 행복했던 시간들이었다.

처음으로 돌아가서 생각해 보자. 오래전부터 여자의 성에 대한 관심은 무시되어왔고, 이 억압은 너무나도 당연해서 우리는 '여자는 태생이 그렇다'고까지 믿게도 된다. 하지만 정말 여자는 남성에 비해 성욕이 부족할까? 단언컨대 이것은 큰 오해다.

이를 뒷받침하기 위해 『욕망하는 여자』에 소개된 한 흥미로운 연구 결과를 소개한다.

성과학자 메르디스 시버스(Meredith Chivers)는 여성의 성기에 특별한 장치를 하여 흥분도를 측정하였다. 검사는 이성애자 및 동성애자를 모두 대상으로 하였다. 영상에는 4가지 다른 종류의 성행위가 담겨져 있었다.

1) 남성과 여성의 성행위

2) 욕조에서의 여성과 여성의 성행위

3) 남성과 남성의 성행위

4) 유인원의 한 종인 보노보(침팬지보다 다리가 길고 머리에 가르마가 있음)의 성행위

보통의 상식으로는 취향 차이가 있을 거라 생각하겠지만 결과는 놀라웠다. 여성은 4가지 영상 모두에 반응(흥분)한 것이다. 더욱 흥미로운 것은 실험 전 참여 여성에게 '당신은 어떤 영상에 흥분한다고 생각하나요?'라는 설문을 했을 때 4번 보노보의 성교에는 반응하지 않을 것이라 대답한 여성도 실제로는 흥분을 했던 것이다. 굉장히 다양한 성 에너지가 아닐 수 없다.

오히려 남자들이 3번 남성끼리의 성이나 4번 보노보에 대해서는 흥분도가 현저히 떨어졌다. 결과에 따르면 남성들이 더 성을 '편식'하는 것이었다. 맛없는 반찬을 퉤하고 뱉는 것처럼 말이다. 마치 남성은 풀을 못 먹는 육식동물, 여성은 다 먹는 잡식동물의 느낌이다.

이 책에 나오는 실험을 하나 더 소개하면, 암컷 쥐의 성욕 실험이다. 연구자의 손으로 암컷 쥐의 클리토리스를 자극하여 상자에 넣었더니, (오호라, 쥐도 클리토리스가 있다!) 상자에 난 구멍을 통해 암컷 쥐가 자신을 흥분시키던 손에 집착하는 현상이 일어났다. 그 쥐는 장갑을 끼고 있던 손의 장갑을 물어 자신 쪽으로 끌어당겼

다. 한 번 더 자극해 주자 암컷 쥐는 계속하여 그 손이 자신을 자극해 주기를 원했다. 그것도 굉장히 적극적으로 말이다.

또한 암컷의 치솟는 성욕을 알 수 있는 실험이 있다. 상자 안에 여러 마리의 암컷-수컷 쥐를 넣었다. 암컷 쥐는 수컷 쥐를 유혹하기 위해 펄쩍 뛰어오르고 쏜살같이 달리는 특이한 행동을 했다. 머리를 꼿꼿이 세우고 뒷발로 껑충거리며, 자기 옆구리에 수컷이 앞발을 대도록 해서 수컷을 유인했다. 마침내 수컷이 옆구리를 치면 암컷은 동작을 멈추고 수컷이 삽입을 할 수 있도록 한다. 이야기는 여기서 끝이 아니다. 성행위가 끝난 후에도 암컷은 곧장 다른 곳으로 가 다른 수컷을 유혹했다. 마치 여러 마리의 수컷을 거느리고자 하는 암컷 카사노바처럼.

'정말 여성의 성욕은 남성의 성욕보다 낮을까?'

어떤 거대한 흐름에 의해서 여성의 성욕이 억압되고 있다는 생각을 지울 수 없다. 이 흐름 속에 살고 있는 세상 모든 여자들은 '만들어진 오해' 속에 살아간다. 그리고 성에 대한 소극적인 태도로 이어진다. 지금 이 책을 읽는 당신은 어떠한가? 만약 조금이라도 흐름에 편향된 생각을 가지고 있다는 것을 느꼈다면 자신을 돌아보기 바란다. 나의 성욕, 가깝게는 우리 가족(특히 엄마)들의 성욕은 무엇에 의해 억압되어 왔는지 생각해 보자. 작게는 한국 사회에서 크게는 인류의 기원과 세계의 흐름까지 두루두루 훑어볼 수 있는 시선을 가졌으면 한다.

당신과 당장 만나서 재미있는 이야기를 나누고 싶지만, 그렇게 하지 못하니 생각을 여는 연습을 도와주고자 한다.

여자 생각 돕기

'여자'를 둘러싼 모든 편견과 억압적 기운을 걷어내 보자.

여자라고 생각하는 그대는 오히려 남자다.
한국 사람이라면 외국 사람이다.
먼 미래인 100년 후를 사는 사람이다.
나는 아프리카 초원을 뛰어다니는 호랑이 같은 사람이다.

그리고 남자들만 할 수 있다고 생각했던 성 행위들을 생각해 보자.

내가 자위를 하면 정말 이상한 것인가?

영화의 한 장면처럼, 오늘 만난 남자에게 끌려 흥분된 섹스를 하면 안 되는 것인가?

집에 혼자 있을 때, 길가다 문득, 교실에서, 직장에서 흥분하는 게 이상한 일인가?

남자가 구강성교를 요구하는 것처럼 나도 빨·아·달·라·고 요구하면 안 되는 것인가.

남자를 만족시키기 위해서 섹스에 충실해야만 하는가?

왜 안 되는 걸까. 왜 안 된다고 믿어온 것일까.

'나'를 위해 만들어진 것(사회)에 의해 '내'가 억압 받는다.

위 문장을 자세히 들여다보면 모순적이라는 느낌을 지울 수 없을 것이다. 당신이 속해 있는 울타리가 족쇄가 되어 당신을 짓누르고, 모든 자유를 방해한다면 그것은 더 이상 당신을 위한 것이 아닐 것이다.

오해를 풀자. 여성의 성욕은 터부시되어서는 안 되는 정당한 것이다. 여성의 성에 대한 관심은 건강한 것이며 유쾌하게 풀어갈 수 있다. 편안한 것이다. 힘주어 말하고 싶은 부분이다. 그래야만 한다. 여성의 성 문제 해결이 모든 여성 문제와 밀접하게 연관되어 있기 때문이다.

그 시작으로 이제껏 당연하다고 생각하는 모든 것을 부정해 보라. 반드시 커야만 한다 생각했던 남성의 크기가 작아도 상관없듯이, 여성의 성욕이 남성보다 넘쳐도 괜찮은 것이다. '왜?'라는 도구를 통해 땅 속에 무엇이 묻혀 있었는지 파헤쳐보라. 그 속에 당신이 오해하고 있던 진정한 진실이 숨어 있을 것이다. 당신은 손에 열쇠를 쥐고 있고, 이것은 당신만이 열 수 있는 판도라의 상자다.

오늘부터, 오해를 풀고 내 가장 가까운 곳부터 질문을 시작해 보기 바란다.

● ● ◌

미안,
냄새나

알리오올리오 파스타로 유명한 이태원의 이국적인 레스토랑. 탱글탱글한 새우를 콕 집은 미소와 그녀를 바라보는 서달.

서달: "꼬리까지 먹어?"

미소: "응 바삭바삭하고 맛있어."

서달: "너, 귀엽다."

별것도 아닌데 사랑을 시작하면 관심 섞인 한마디에도 몽롱해진다. 그의 미소가 은근하게 몸을 적신다.

미소: '초콜릿 같은 구릿빛 피부, 남자 손이 어쩜 저렇게 예쁠까. 아, 어깨는 어떻고. 눈매는 앞에서 보면 되게 샤프한데 고개를 들 때는 살짝 쳐져서 순해 보여. 도톰한 저 입술 참 섹시해. 쫄깃할 것 같아. 어머! 지금 무슨 생각을 하는 거야.'

서달: "미소야."

미소: "응?"

서달: "다 먹었으면 우리 한강이라도 가서 좀 걸을까?"

밤의 한강은 까만 비단결처럼 나지막히 흐르고 있었다. 한쪽에서는 시원한 분수가 더웠던 낮의 열기를 식히고 있다. 간간히 들려오는 통기타 소리도 낭만을 더한다. 특별한 코스는 아니지만 그와 함께 하는 이 분위기가 너무 좋다. 낭만적인 밤이었다. 문득 처음 만났던 그날 느꼈던 온기가 그리워졌다. 내가 먼저 잡아 볼까? 은근슬쩍 부딪히는 손가락을 새끼손가락으로 살짝 걸어본다. 그는 정면을 응시하고 있었지만 미소를 지어보였다. 아무 말 없이 우린 걸었다.

미소: "정말 예쁘다. 잠깐 앉았다 가자."

서달: "그럴까."

나란히 앉아 밤의 강을 하염없이 바라보았다. 시간의 질량은 누군가와 함께 하는가에 따라 달라지는 것 같다. 그때 그가 고개를 돌렸다. 나를 바라보는 눈빛이 심상치 않다. '키스?' 두근거리는 마음을 다잡으며 그의 입술을 기다렸다. 이어서 그의 혀가 속으로 휘감겨 왔다. 마치 큰 파도처럼.

미소: '좀 강한데?'

미소는 생각보다 서달이 거친 스타일이라고 생각했다. 아무렴 어때. 너무 설레고 좋아. 이대로 조금 더 즐기자. 얼마나 지났을까. 노래하던 분수도 이제는 잠잠해지고, 사람들도 조금씩 떠난다. 서달의 얼굴이 발갛게 상기되어있다. 아마 키스를 하느라 조금 흥분한 거 같아 보여 귀엽다. 집에 갈 시간이 되었다.

서달: "미소야 오늘 같이 있을까 우리?"

미소: "……."

돌아오는 차 안에서 문득 그가 던진 말에 미소는 온몸이 얼어붙는 것만 같다. 하지만 이미 서로를 원하고 있다는 걸 알았기에 자연스럽게 함께 있게 되었다. 호텔에 도착하자마자 그들은 알몸이 되었다. 미소는 남자의 팬티를 스르륵 벗기면서 그의 아래로 접근해갔다. 그런데 갑자기 그곳에서 비위가 상하는 냄새가 확 올라왔다. 내색하면 무안해 할 것 같아 오럴을 포기하기로 했다. 이번에는 남자의 손이 팬티를 비집고 들어왔다. 오럴을 시도하려는 것 같아 보인다. 처음이라더니 공부라도 하고 왔나 싶은 미소. 그러나 첫날에 이어 또 산통을 깨는 그의 한마디.

서달: "어, 미소야 미안한데 이상한 냄새가 나."

미소: "뭐?"

당장 이불로 몸을 가리고 방어를 한 미소. 서로 어색한 공기가 흐르고 둘은 어쩔 줄을 모른다. 아름다웠던 한강과 맛있었던 새우의 기억은 한순간 산산조각이 났다.

'젠장'

미소의 이야기를 들으며 나 또한 얼굴이 빨개지는 기억이 떠오른다. 어느 날 남자친구와 관계하던 중, 어디선가 비릿한 생선이 며칠 지나 파리가 약간 꼬인 듯한 냄새가 났다. 관계 도중 그 냄새가 내 것이라는 것을 알았고, 집중을 하지 못한 채 어영부영 마무리했다. 분명 깨끗이 씻고 또 씻었는데 무슨 일이란 말인가. 며칠이 지나 약간 갈색의 피 섞인 냉이 비쳤다. 혹시나 해서 병원에 가

보니 질염이 조금 심하다고 했다. 그때는 큰일이라도 난 줄 알고 전전긍긍했다. 하지만 담당의는 태연하게 3일 정도 병원에 다니면 낫는 거고 여자에게 감기 같은 것이니 너무 신경 쓰지 않아도 된다고 했다. 하지만 신경 쓰이는 건 그 사람이 맡았을 그날의 꾸리꾸리한 냄새였다.

여자들에게

속궁합도 중요하고, 성기의 크기, 질의 크기도 중요하지만 그에 앞서 관계의 에티켓은 지켜야 한다. 에티켓의 기본은 청결과 건강한 몸이다. 냄새의 원인은 다음의 두 가지다.

첫째, 씻지 않아서. 기본적이지만 때로는 무시하는 사람들이 있다. 섹스는 감성이 정말이지 중요하다. 시각만이 전부가 아니다. 후각이야말로 분위기와 흥분을 결정짓는 핵심이다. 불쾌감을 주는 냄새는 상대에 대한 실망감을 안겨준다. 잘 씻지 않는 남자의 성기에는 오줌이나 분비물들이 꾸덕하게 굳어있는 경우까지 있다. 여자도 마찬가지다. 어떤 남자로부터 여자 친구의 성기에서 심하게 숙성된 치즈냄새가 났다는 얘기도 들은 바 있다.

관계 전에는 반드시 샤워를 해야 한다. 성기가 서로 맞닿아야 하는 행위이다. 청결이 곧 성병의 예방인 동시에 로맨틱한 섹스의 시작이라는 사실을 명심해야 한다.

두 번째 이유는 질병, 주로 질염이다. 여자는 관리를 소홀히 하면 냄새가 나기 쉽다. 남자의 성기는 몸 밖으로 돌출되어 있어서 수포나 질병에 대한 관찰이 쉽다. 하지만 여성의 경우는 질이 몸속에 있어서 보이지 않고, 일정한 습도를 유지하고 있기 때문에 관리가 소홀해질 경우 냄새가 잘 나는 편이다. 질염은 2-3일 치료하면 쉽게 낫지만 방치할 경우 코를 찌르는 불쾌한 냄새가 난다. 이럴 경우, 파트너에게 불쾌감을 줄 뿐만 아니라 건강도 해치게 된다.

따라서 성인 여성의 경우 적어도 3-6개월에 한 번씩은 정기적으로 병원 진료를 받는 것이 좋다. 물론 산부인과 의자는 정말이지 끔찍하다. 그래도 건강한 몸을 생각한다면 검진은 필수다. 이 책을 보고 있을 남자들을 위해 산부인과 의자의 생김새를 소개한다. 여자들은 눈을 감아도 좋다.

저 매우 차갑고 냉정하게 생긴 형태를 보라. 저놈의 의자 때문에라도 여자들이 산부인과에 가기 꺼려하는 마음을 충분히 이해한다. 나 또한 저기에 누울 때 차가운 얼음 위에 눕는 것처럼 온몸에 닭살이 돋기 때문이다. 하지만 여자들이여 계속 가야 한다. 저 의자에 대한 두려움이 없어질 때까지. 마치 무서운 귀신 사진을 계속 쳐다보면 어느 순간 '어? 꽤 우습게 생겼네' 할 정도가 되는 것과 같다. 무섭다고 피하다 보면 그 귀신은 세상 끝날 때까지 당신을 쫓아 올 것이다.

산부인과에 가지 않고 성생활을 하는 것은 다리가 다쳐서 피가 철철 나는데 계속 달리기를 하는 것과 같다. 위험한 일이고 덧날 확률이 많다. 잔소리라 생각해도 좋다. 귀에 딱지가 앉을 때까지 이야기할 수 있다. 그러므로 스스로 몸을 자주 체크하여 튼튼하고 건강한 몸을 만들자.

🌿 남자들에게

여자친구의 몸에서 냄새가 났다면 당신은 어떻게 반응할 것인가?

1. 둘러서라도 말할 것이다.
2. 정확히 말해 줄 것이다.
3. 아무렇지 않은 척 해 줄 것이다.

지인에게 친한 여자 친구를 소개해 준 적이 있다. 남자는 그녀가 자기가 본 사람 중에 가장 성격이 좋고 몸매가 예쁜 사람이라며 나에게 고맙다고 했다. 그러던 어느 날 그가 나에게 고민을 털어 놓았는데 사실 그녀에게서 심하게 안 좋은 냄새가 난다는 것이다. 그러면서 이 사실을 그녀에게 말해야 할지 말아야 할지 물어 보았다. 그때의 나는 그녀에게 많이 상처가 될 거라는 얘기를 하며 말하지 말라고 말렸다. 그 역시도 동의했다. 그러나 그것이 불러올 결과를 알았다면 절대 그렇게 이야기하지 않았을 것이다. 그 후 나는 한동안 잊고 지냈지만 그 냄새 문제는 계속 그 지인을 괴롭혔다. 그는 본인은 모르는 눈치라 더 말할 수 없다고 했다. 결국 남자는 그녀가 자기관리가 부족하다는 둥 이것저것 핑곗거리를 만들어 그녀를 떠났다. 매우 슬펐던 것은 내 친구가 그를 너무 사랑하게 되었다는 것. 그녀는 아직도 왜 그가 떠났는지 모르고 있다.

사실 이런 문제는 성별을 떠나 누구에게나 부끄러운 일이다. 따라서 상대를 배려하는 자세가 필요하다. 이런 경우에는 상대의 자존심을 상하지 않게 하면서 진심으로 걱정하는 마음을 보여주는 것이 중요하다. 당신이 이런 상황에 직면한다면 다음의 예시를 기억하면 도움이 될 것이다.

1. 나 네 몸에서 조금 걱정되는 부분이 있는데, 소중한 곳에서 약간 나쁜 향기가 나. 의사가 아니라서 잘 모르지만 조금 걱정돼. 오늘이

나 내일 시간되면 나랑 같이 병원 가서 체크해 보자.

해석: 냄새난다는 말을 '약간 나쁜 향기'라는 표현으로 대체했다. 여기서 주목할 지점은 냄새가 아니라 '향기'다. '냄새'라는 말에 부정정인 뉘앙스가 감돌기 때문이다. 그녀도 그것이 냄새라는 것은 알지만 당신의 다정한 언어적 배려에 감동할 것이다. 걱정된다는 진심어린 배려가 그녀를 위하는 마음에 기본적으로 깔려 있다는 것을 인식시켜주면 그녀도 남자의 말을 존중할 것이다. '나랑 같이 병원 가서 체크해 보자'는 말은 중요하다. '같이'라는 말에서 함께 해 나가자는 남자의 의지가 엿보인다. 그러므로 나를 위해 시간을 할애하여 같이 갈 생각이 있다는 남자의 마음이 여자를 감동시키기에 충분하다.

2. 자기랑 관계하게 돼서 너무 기뻐. 근데 신혼부부들도 건강검사를 하는 것처럼 우리도 관계를 시작했으니 건강검사 해 보는 건 어때? 자기랑 건강하게 오래 행복했으면 좋겠어. 나도 비뇨기과 갈 테니까, 자기도 산부인과 가자. 언제가 좋을까?

해석: '자기와 관계하게 돼서 기뻐'라는 말이 당신과의 관계가 만족스러웠다는 것을 말한다. 여기서 자신감이 조금 상승하게 만든 후 하고 싶은 말을 하는 것이다. 대개 여자들은 관계에 있어서 자신감이 결여된 상태이다. 여기서 포인트는

'신혼부부처럼'이라는 말인데, 이 말 속에는 우리가 결혼을 하지는 않았지만 관계를 한다는 점에서 신혼부부와 다르지 않다는 뉘앙스가 담겨 있다. 심지어 나아가서 신혼부부가 될 수도 있지 않느냐는 행복한 질문과도 같다. 여기서 이미 여자는 행복하다. 당연히 둘의 미래를 위해 해야 할 일이라고 생각하게 될 것이다.

이 두 예문의 공통점은 바로 '샌드위치 말하기'이다.

위아래 기분 좋은 말, 가운데에 진짜 하고 싶은 말을 넣어 상대방의 입맛에 맞추는 것이다. 그 모양새를 따서 이름을 붙였다. 이렇게 맛있게 말하는데 화내거나 삐지는 여자는 그렇게 많지 않을 것이다. 그러나 많이 당황할 수 있으니 꼭 안아주자.

꾸덕꾸덕한 치즈 냄새로 괴로운 코를 부여잡고, 심지어 관계마저 피하게 된 당신. 하지만 그녀가 당신이 사랑하는 사람이라면, 아플 때나 슬플 때나 함께 하기로 다짐했다면, 지금 가장 소중한 곳이 아픈 그녀의 손을 따뜻하게 잡아 주면 어떨까. 예쁜 입술로 예쁘게 말해 보자.

입술과 혀도 잘 보면 샌드위치처럼 생겼다.

● ● ○

2

좋은 관계,
좋은 섹스

만나서는 안 될
블랙리스트

세상에 악연이라는 것이 존재할까. 인연이라 믿었는데 악연이었던 경험이 있는가? 당신이 생각할 때 우리의 미소와 서달은 인연일까 악연일까? 정답은 알 수 없다. 그들은 이제 막 시작한 연인이기 때문이다. 연애의 과정에서 문제는 피해갈 수 없으나 문제가 되어서는 안 될 문제들이 있다. 본격적인 연애에 앞서 그대들에게 꼭 일러두고 싶은 말이 있다.

세상에는 만나서는 안 될 악연이 있다. 특히 연애에서는 더욱.

1. 폭력적인 사람

예전 남자친구와 식당에 밥을 먹으러 갔다. 새벽 1시쯤이어서 가게는 문을 닫을 준비를 하고 있었다. 가게에는 우리밖에 없었다. 가게 직원이 우리가 식사하는 곳 옆으로 빗자루를 쓸며 지나간다.

"지금 밥 먹는 거 안 보여요? 지금 손님 무시합니까?"

그는 소리를 질러대며 직원을 나무랐다. 나는 너무 민망했다. 그는 늘 그런 식이었다. 물론 조금 불편할 수 있다. 하지만 상대방에게 언어폭력을 행사할 것까진 없다. 언어폭력을 방관했더니 그의 폭력성이 나에게도 향했다.

(식사 중)

나: "너는 하루에 다섯 끼 먹잖아."

그: "닥쳐라."

나: "닥치라니 말이 심한 거 아니야?"

그: "미쳤나 이게. 피곤한데 가서 잠이나 자라."

나: "야 너 말을 왜 그렇게 해?"

심지어 내가 나이가 더 많았음에도 그는 늘 그런 식으로 나를 대했다. 이건 아니다 싶어 그를 고쳐보려고 했다. 나는 그를 고칠 수 있을 것이라 생각했다. 그러나 그것은 심각한 착각이었다. 내가 좋아하니까. 내가 많이 좋아해주고 이해해주면 모난 성격이 돌아 올 것이라는 착각.

그러던 어느 날 내 친구와 셋이서 식사를 했다. 그런데 친구와 식사를 다 하고 헤어진 이후, 갑자기 그가 말하길 내 친구가 다리를 올리며 밥을 먹고, 먹다가 트림을 했다며 식사 예절이 없으니 절교하라는 것이다. 그러지 않으면 자기 볼 생각을 하지 말라고 하니 이런 막무가내도 없었다. 당시에는 남자의 폭언에 휘둘려서 제대로 된 판단도 하지 못했다. 그래서 그 친구에게 남자친구 입장을 얘기했더니, 친구는 그 말을 듣고 있는 내가 서운하다며 나와 연락을 끊었다. 그렇게 우리는 멀어지게 됐다.

폭력성이 강한 사람들은 특히나 자신보다 약한 사람을 모질게 대한다. 주위를 돌아보면 더 심한 예를 찾을 수 있다. 자신보다 약한 동물을 괴롭힌다든지, 나이가 많은 어르신들에게 함부로 대한다든지 하는 경우 말이다. 때로는 어린아이들에게 소리를 질러대기도 하고, '데이트 폭력'을 저지르기도 한다. 혹시 내가 만나고 있는 사람이 이런 특징이 있다면 바뀔 것이라 생각하지 않는 것이 좋다. 사람은 쉽게 바뀌지 않는다. 오죽하면 "사람은 고쳐 쓰는 것이 아니다"라는 말이 유행하고 있겠는가. 자신을 존중하는 사람을 만나는 것이 만남의 기본이다. 기본이 안 된 만남은 시작부터가 불행이다. 당신 자신을 사랑하길 바란다. 당신은 존중받을 가치가 있는 사람이다.

한없이 긍정적인 성격인 나도 그를 만나면서 한동안 극심한 우울을 경험했다. 심지어 그의 폭언은 내 삶 안에 깊숙이 파고 들었다. 인식하지 못하는 사이 내가 누군가에게 폭언을 하게 된 것이다. 한동안 누군가를 만나면 경계하고 기선 제압을 해야 한다고 생각하며 스스로를 방어했다. 그 버릇을 고치기까지 5년이 걸렸다. 나 스스로가 무섭게 느껴졌다. 내가 원래 이랬던 사람인가. 나는 누구인가 하는 혼란 속에 휩싸였다.

폭력적인 사람들은 대개 중독을 동반한다.

술, 게임, 도박, 약 등 다양한 중독들이 있다. 전문가들은 대개 폭력의 원인을 중독에서 찾는다. 술을 예로 들어보자. '술에 취해서.' 이 말을 가장 쉽게 용인하는 나라가 우리나라다. 술에 취해서 실수했다. 술에 취해서 때렸다. 술에 취해서 강간했다고 하면 정상참작이 되는 나라. 그 나라가 대한민국이다. 그러니 폭력적인 사람들에게 술은 얼마나 그럴듯한 핑계인가. 이런 사람은 늪에 빠진 것과 같아서, 구하고자 하면 구하고자 하는 당신도 같이 빠지게 될 것이다. 술을 조절하지 못하고 폭력까지 행사하는 사람은 남녀를 불문하고 멀리하라. 그 시간을 당신을 사랑하는 데 쓰는 것이 더 가치 있다.

2. 허세 가득한 사람

어느 날 내가 만나는 사람을 엄마에게 보여 줄 기회가 찾아왔다. 나는 그를 좋은 사람이라 생각했다. 바로 전에 만났던 폭력적인 사람이 굉장히 충격적이었기 때문에, '욕하지 않는 사람'을 우선적으로 고려했던 것 같다. 굉장히 다정하고 매너가 좋은 그였다. 그러나 만남 이후 엄마는 좀 우려스럽다고 했다.

"좀 이상해. 첫날에는 검정색 정장에 좋은 차를 몰고 나와서 비싼 곳만 가서 이 사람 경제적으로 좀 여유가 있나보다 했는데, 다음 날은 차림새도 대충이었고, 차도 바뀌었고… 처음부터 있는 그대로 보여 줬어도 괜찮은데. 뭔가 감추려고 한다고 해야 하나?"

나중에 알고 보니 정말 엄마 말이 맞았다. 그는 백수였다. 그런데 이상하게 처음부터 그는 자신과 집안의 경제력을 과시했다. 개인적으로 남성의 경제력에 큰 관심이 없다. 내 능력으로 내가 일어서면 된다고 생각하기 때문이다. 내가 그를 좋아한 이유는 다정한 언행과 매너였다.

처음에는 그의 사정을 알고 난 후에도 오히려 그를 보호해 주고 싶었다. 많은 비용을 내가 부담하면서도 괜찮았다. 왜냐면 그가 굉장히 좋은 사람이라 생각했기 때문이다. 그는 나의 몸을 세상에서 가장 편하게 해 주었다. 어딜 가든 바래다 주는 건 기본이고, 무거운 건 절대 못 들게 했다. 사람들이 봤을 때는 그가 나를 공주님처럼 떠받드는 것처럼 보였을 것이다. 그것이 싫지 않았고, 그가 성실했기에 지금 가난해도 잘 일어설 수 있게 될 거라 생각했다. 하지만 그의 과장된 언행에 점차 그를 신뢰할 수 없게 되었다. 그는 빚 외에 가진 것이 없었고, 가정에서는 사랑받지 못하고 자란 사람이었다. 결국에는 그가 거의 알콜 중독자처럼 술을 좋아하는 것을 알게 되었다. 술에 취할 때마다 나에게 인신공격을 했다. 항상 나에게 이기적이라고 했다. 그가 해주었던 만큼 내가 해주지 않는다며 억울해 했다. 대가성 행위였던 것이다. 나는 그래도 "고쳐 쓸 수 있을" 것이라 믿었다.

이런 사람들의 가장 큰 문제는 정작 자신이 무엇을 원하는지 모르고, 그저 타인의 눈높이에 자신을 맞추려 한다는 것이다. 그들의 가슴은 가짜로만 채워져 있다. 하나 쓸모 있는 것이라고는 찾아 볼 수 없는. 간혹 가짜를 진짜로 믿고 인생을 거는 여자들이 있다. 결과는 정해져있다. 침몰하는 시간이 다를 뿐.

'남들이 보잖아.'
'너 남들이 어떻게 생각할 줄 알고 이러니.'
'내 학력이 네 학력보다 낮아서 나를 무시하는 거니?'
'남자라면 이 정도는 해야지.'
'내가 다정한 사람인 것을 남들 앞에서 보여줘야지.'
'너 남자 생겼지.'
'너는 내 거야.'
'남자 친구가 있는데, 다른 남자랑 단 둘이 밥을 먹는다는 게 말이 돼?'
'내가 너희 집안 부모님한테 하는 것만큼 너는 왜 우리 부모님에게 못해?'

그에게 당신은 그저 소유물에 불과하다.

헤어지던 날 그것이 밝혀졌다.

나: "당신을 더 이상 사랑하지 않아. 미안해."

그: "너는 책임감도 없니?"

나: "책임감이 있기에 헤어지려 하는 거야."

그: "무슨 소리야?"

나: "사랑하지 않는데 관계를 지속하는 것이 책임이라면, 나는 책임감 없는 사람이 될래. 우리가 사랑하기 때문에 연인이었던 거지, 연인이기 때문에 사랑했던 건 아니잖아."

그: "내가 너한테 어떻게 했는데 니가 나한테 이래?"

나: "그것들이 너무 고마웠기에 빠르게 끝내는 거야."

그: "나는 인정 못 해. 우리 집안 사람들이랑 너네 집안 식구들에게 다 이야기할 거야."

나: "상관없어."

그: "너 진짜 독하다."

소유할 수 없기에 억지라도 부려보려는 그의 심정을 모르는 것이 아니다. 하지만 나는 더 이상 그의 소유물로 살 수 없었고 헤어짐을 택했다.

질문을 하나 던져보자. 명품으로 치장하는 것이 정말 허세인가? 최근에 알게 된 한 재력이 있는 지인을 통해 이러한 편견 또한 깨졌다. 그가 말하길

"내가 정말 돈이 있고 능력이 있어서, 내가 사랑하는 사람에게 좋은 것만 입히고 싶고, 좋은 것만 사주고 싶어. 그런 마음에 명품을 사주는 것이고 나도 그걸 입는 거야. 다른 뜻은 없어."

명품(名品)이라는 것은 사실 좋은 물건이라는 뜻인데, 그 본래의 뜻이 너무 왜곡된 것은 사실이다. 이 얘기를 듣고 생각해보니, 허세는 능력이 없음에도 불구하고, 특정 물건이나 행동을 통해 그런 척하려는 것이다. 그 반대의 단어는 품격이라고 하겠다.

허세 있는 사람들은 타인의 눈을 의식해서 자신의 사람까지도 타인의 시선에 따라 바꾸려고 할 것이다. 이렇게 살다보면 삶의 목적도 불분명해지고 우울증까지 찾아 올 수 있다. 이런 사람과 살아간다는 것은 상당한 에너지 소모를 야기한다. 그들은 진정한 사랑보다는 과시하는 사랑을 따른다. 감정보다는 의무를 따른다. 그들에게 베품이란 돌려받기 위한 보험이다.

하지만 품격이 있는 사람들은 자신의 가치를 안다. 그리하여 상대방의 가치 또한 알며, 신뢰하고 존중한다. 가치를 높일 줄 아는 사람들은 스스로의 가치를 높인다. 이 과정에서 남의 시선보다는 자신의 기준이 중심이 된다. 나의 필요로 인해 명품을 구매하는 것이다.

당신이 만나고 있는 사람은, 허세가 있는 사람인가? 아니면 품격이 있는 사람인가. 그의 텅 빈 가슴이 가짜로 채워져 있다면, 그것은 더 큰 결핍의 괴물을 만들어 당신과 주변을 삼킬 것이다.

3. 정신병증

정신병에는 여러 가지가 있다. 하지만 이중에서도 조현병은 망상, 환각, 언어적 문제 등을 동반한다. 이런 사람은 사소한 것도 과장해서 해석하고 스스로 우울증에 빠져 허우적대다 심하면 자살까지 시도하는 경우도 있다.

예전에 연인이 연락이 닿지 않으면 바람이 났다고 상상하며 분노를 이기지 못해 자신의 손목을 긋는 행위도 서슴지 않는 사람이 있었다. 손목의 상처를 사람들에게 일부러 보여주기도 했다. 얼마나 상처받고 힘들었는지 알아주기를 바라면서 말이다. 그들은 오로지 자신의 감정과 입장에만 관심이 있다.

여: "우리가 자주 못 만나니까 네 소셜미디어 아이디와 패스워드를 알려줘."

남: "왜 내가 그래야 하지?"

여: "네가 아무것도 숨길 게 없다면 쉽게 알려줄 수 있는 거 아니야?"

남: "이건 숨기고 말고가 아니라 사생활 문제잖아. 내가 가진 모든 것을 다 너와 공유해야 하는 거야?"

여: "물론이지, 네가 나를 사랑한다면 네 모든 것을 줄 수 있어야 되는 거 아니야?"

남: "네 말은 심지어 내 계좌도 공유해야 한다는 거야?"

여: "맞어. 나중에 우리가 결혼하면 내가 네 아내가 될 거니까. 네가 번 돈을 다 넣어서 공유해야 하는 거지."

이런 식의 대화이다. 이들은 타인의 감정에 공감할 수 없다. 자신의 감정만이 중요해서 그것을 상대방에게 강요한다. 누구나 신경증적인 요소를 조금씩은 가질 수는 있다. 하지만 심각하다고 느껴지는 경우는 치료를 권해서 낫게 하거나 헤어지거나 양단의 결단을 해야만 한다. 의외로 주위에 조울증으로 인한 폭력성에 힘들어하는 사람들이 많다.

과연 당신이 만나는 사람은 어떨까. 다음 체크리스트를 통해 내가 현재 불안한 상태의 사람과 만나고 있는지 확인해 보자.

1. 그 사람과 만나기 전의 삶이 더 행복했던 것 같다.
2. 연애를 하고 있는데도 너무 외롭다.
3. 그 사람과 있으면 마음이 불안하고 잠이 잘 오지 않는다.
4. 그의 심경을 건드릴까 봐 눈치를 심하게 보게 된다.
5. 상대로 인해 내 경제가 큰 타격을 입는다.
6. 그의 문제점이 심각한 것은 알지만, 그것만 고치면 다른 것은 다 좋은 사람이다.
7. 사랑은 희생이라고 생각하게 된다.
8. 그의 문제 행동이 나올까 봐 내 행동을 조심하게 된다.

9. '이 사람과 헤어지면 어떨까?'라는 상상을 하루에도 몇 번씩 한다.

이 중에서 4가지 이상 해당되는 사람들에게는 헤어짐을 조심스럽게 권하고 싶다. 진정으로 행복한 사람이라면 이러한 생각들을 하지 않을 것이다. 맛있는 음식을 위해서는 썩은 재료를 버려야 한다. 마찬가지로 맛있는 섹스를 하기 위해서는 썩은 관계를 버려야 한다. 썩은 재료로 아무리 노력해 봤자, 서로 몸과 마음만 상할 뿐이다.

● ● ◌

외로운 나,
트라우마

변화는, 개인이 자신이 아닌 사람이 되려고 노력할 때가 아니라,
있는 그대로의 자신이 되려고 할 때 일어난다.

- 바이서 Beisser -

풀잎 향이 가득한 여름밤. 온몸을 지치게 했던 더위가 조금씩 가시고, 가을을 재촉하는 비가 조용히 창문을 두드렸다. 미소는 사랑하는 남자와 함께 있다.

미소: "아 곧 가을이 올 것 같아 서달 씨."

서달: "그러게 말이야."

그때 전화벨이 울렸다. 서달은 약간 긴장된 자세로 전화를 받는다.

서달: "예 아버지. ……. 예 죄송합니다. 예 알겠습니다. 그렇게 하겠습니다. 예. 들어가십시오. 예."

전화를 끊은 그의 얼굴은 아직도 조금 굳어 있다.

미소: "왜 서달 씨 무슨 일이야?"

서달: "응 아니야"

미소: "아니긴, 안 좋은 일이야?"

서달: "아니 사실은…. 아버지가 직업군인이셔서, 내가 사업하려는 걸 반대하셔. 내가 하고 있는 산업디자인 쪽이 마음에 안 드시나 봐. 불안정하다고 공무원 준비하라고 하시네. 어떤 말로 설득을 해도 안 통해. 사실 한 번도 아버지를 이겨 본 적이 없어. 어렸을 때 많이 맞기도 했고. 엄청 강하셔."

미소: "아 그렇구나…. 답답하겠다. 그래서 어떻게 할 생각이야?"

서달: "내가 공무원 준비 안 하면, 아버지는 집에서 도움 받을 생각도 말라고 하시고, 앞으로 내 자식으로 생각 안 하겠다고까지 하시니…. 내가 어쩔 도리가 없는 거 같아."

미소: "그래서 자기는 아버지 말씀대로 공무원 준비할 생각이야?"

서달: "응 그래야 될 거 같아…."

미소: "자기 좀 지쳐 보여."

서달: "……."

비로 인해 습해져서일까, 기분이 찜찜해진 두 사람은 한동안 말이 없다. 딱딱하고 사무적인 어투의 대화가 오고가는 동안 미소는 상대가 아버지란 사실조차 눈치 채지 못했다. 그는 연신 죄송하다, 알겠다는 말을 반복하더니 전화를 끊었다. 넘어서지 못한 존재에게 굴종하는 느낌이랄까. 결제를 받지 못해 안절부절못하는 부하직원이랄까.

먹색 구름이 방안으로 밀려들자 성긴 조명들이 여지저기 방안 그림자를 찢어 가르며 비집듯 빛 칠을 한다. 남자의 얼굴에 짙은 먹색 그림자가 드리워져 윤곽이 유난히 도드라져 보인다. 한동안 두 사람 사이를 메운 건 낮게 깔린 어둠과 누군가의 말이 먼저 나오길 기다리는 침묵뿐이었다.

오이디푸스 콤플렉스(Oedipus complex)는 아들과 부모의 삼각관계에서 오는 갈등을 말한다. 어린 남자 아이는 아버지를 죽이고 어머니를 차지하고 싶어 한다. 하지만 절대적으로 강한 아버지의 힘에 저항하지 못하고, 현실을 받아들이게 된다. 강력한 아버지로부터 자신의 성기가 잘려지지 않을까 하는 두려움도 갖게 되기 때문이다. 이후 아이는 아버지와 본인을 동일하게 생각하는 과정을 겪으면서 어린 시절의 콤플렉스를 극복해 나간다. 하지만 이 콤플렉스는 생애 전반에 남아 영향을 미친다. 가끔 아버지와의 관계에서 아들이 신경증적인 모습을 보이는 것이 그렇다.

'이겨 본 적이 없다'라는 표현을 통해 서달이 오이디푸스적 갈등을 겪고 있음을 알 수 있다. 아버지는 직업군인이었다. 상대방의 의견을 쉽게 수용하지 않는 편이다. 가부장적인 가장들 중에서도 심하게 가부장적인 사람이다. 권위와 통제가 가족문화였다. 서달도 오랜 기간에 걸쳐 이러한 영향을 받아왔다. 결정권이 아버지에게 있었으니 자신의 주장을 제대로 펼치기도 어려웠을 것이다. 통제에 익숙한 그가 성인이 되었다고 해도 아버지를 거역하지 못하는 것을 충분히 이해할 수 있었다.

미소와 서달은 아직 잠자리를 하지 않은 사이다. 하지만 지난번 첫 키스 상황에서 서달이 미소의 머리를 붙잡고 강하게 키스한 것에서, 그의 지배적인 성향을 무의식적으로 느꼈다. 미소가 좋았다면 다행이지만, 그녀는 약간 의아하게 생각했고 별로 좋지 않았다. 이대로 섹스로 들어간다면, 상황은 불 보듯 뻔하다. 경험 없는 서달이 강하게 밀어붙이며 관계를 가질 것이고 미소는 감흥 없는 섹스를 하게 될 것이다. 이것이 우리나라 여자들이 섹스를 즐기지 못하는 큰 이유 중 하나가 아닐까 생각해 본다.

따라서 이러한 사람을 만나고 있는 사람이라면 관계를 하기에 앞서, 그들의 트라우마를 톡톡 건드려주는 과정을 꼭 거치기 바란다. 이러한 상황을 파악할 수 있는 현명한 사람이 되자. 그렇다면 그를 변화시킬 수 있는 말은 어떤 것이 있을까? 앞의 대화에서 서달에게 미소가 할 수 있는 말을 통해 생각해 보자.

1. 서달 씨, 나는 서달 씨를 아직 잘 모르지만, 서달 씨가 행복했으면 좋겠어. 그러기 위해서는 서달 씨가 하고 싶은 일을 하면서 행복하게 사는 것이 중요하지 않을까? 지금 그 이야기를 하고 있는 당신의 눈이 슬퍼 보여. 그리고 스트레스 받고 있어. 한 번뿐인 인생에 내가 매일 하게 될 일을 선택하는데, 부모님보다는 당신의 의사가 중요하지 않을까? 부모님을 벗어나서 한 번 생각해 봤으면 좋겠어.

2. 당신 부모님이 강하게 키우려고 노력하신 것 같아. 난 지금의 당신이 좋아. 하지만 부모님도 완전한 존재라고 할 수는 없어. 똑같은 사람이잖아. 그러니 부모님의 말을 무조건 따를 필요는 없는 거 같아. 다시 한 번 잘 생각해 봤으면 좋겠어. 나는 당신이 행복해지는 게 중요하다고 생각해.

과연 당신이라면 이 경우 연인에게 어떤 조언을 할 것인지 생각해 보자.

한편, 집으로 돌아온 미소의 마음은 무거웠다. 그의 어두운 표정이 마음에 걸려서 문자를 한 통 보냈다. 답장이 없는 걸 보니 고민하는 모양이다. 욕실에 들어가 샤워기를 틀고 뜨거운 물줄기를 머리끝에서부터 흘려보냈다.

'쏴아-'

물을 한 컵 벌컥 벌컥 마시고는 침대에 엎드려 누워 평소 버릇대로 소셜 미디어를 확인한다.

'얘는 정말 행복해 보이네, 보라카이 정말 좋아 보인다. 나는 해외 한 번도 못 가봤는데….'

'아 이 립스틱 정말 예쁘다. 브랜드라서 그런지 더 고급스럽게 발색이 되는 거 같아.'

'커피숍이네, 왜 다들 커피숍에서 사진을 찍어서 올리지? 나는 카페인 중독 증상 때문에 커피만 마시면 손이 떨리는데….'

'서달 씨가 머리 긴 여자랑 손이 예쁜 여자가 좋다고 했는데, 나는 머리가 단

발에다가 손이 특히 못생겼어.'

'눈이 특히 좀 작은 거 같아. 다리도 좀 두껍고.'

'옷 스타일도 방금 전 그 여자에 비하면 너무 촌스러운 거 같은데.'

그녀는 시골에서 상경했다. 눈에 비치는 도시의 모든 것이 신기했다. 거대한 건물들과 대로변에 늘어선 화려한 불빛, 그 사이를 지나다니는 수많은 자동차의 미등 행렬과 소음. 두려우면서도 막상 심장은 흥분으로 떨리고 있었고, 텅 빈 막막함 같은데 무언가 그 속에 꽉 들어찬 뜨거움이 있었다. 버스는 단 네 시간 만에 그녀를 다른 차원의 공간으로 데려다 놓았다. 모든 것이 그녀가 살던 세상과 정반대로 흘러가는 그곳에서 그녀는 아마 이상한 나라의 앨리스가 된 것 같았을 것이다. 미소는 그들의 세상에 녹아들고 싶다는 강한 열망에 휩싸여 한동안 온몸을 부르르 떨었다. 아직도 적응이 되지 않는 도시 생활. 특히 소셜미디어에 올라오는 새로 사귄 친구들의 사진들을 볼 때면, 자기만 뭔가 뒤처지는 것 같은 느낌 때문에 불안하곤 했다.

어린 시절 미소는 또래 아이들에게 따돌림을 당했다. 농사짓는 부모 아래 자랐으니 잘 차려 입고 학교를 다닐 환경이 아니었다. 아이들은 손발에 때가 낀 어린 여자아이를 둘러싸고 아무렇지 않게 놀려댔다. 먹물처럼 짙은 외로움이 어린 시절 미소의 마음에 고인 채로 오래도록 머물렀다. 이후 중학교, 고등학교를 거치면서 헛헛한 외로움을 채우기 위해 화장을 하기 시작했다. 졸업 이후 쌍꺼풀 하고 코를 고치고 각종 시술을 하면서 예뻐지고 싶은 욕망을 하나하나 자신의 얼굴에 채워 넣기 시작했다. 허전함 같으면서도 외로움 같기도 한 종잡을 수 없는 감정에 휘둘리다보니 어느새 거울 앞에는 외모에 집착하는 미소가 있었다. 서달에게 당신의 행복이 중요하다고 했던 말이 가슴 언저리를 맴돌았다. 정작 자기가 문제의 당사자이면서 조언이랍시고 그런 말을 한 것에 대한 부끄러움이 밀려왔다.

'미'에 대한 강박이 병적으로 퍼져 있는 나라가 한국이라는 생각에 동의하지 않을 수도 있겠으나 최소한 내가 살아온 도시에서 경험한 세상은 그랬다. 지하철 곳곳에 붙어있는 성형외과 광고들은 우리를 유혹하고, 해외에서 성형관광까지 오는 마당이니 가히 성형강대국이라 할 만하다.

특히 다이어트에 이렇게 집착하는 나라도 없다. 우리나라의 대다수 여자들은 평생 다이어트를 목표로 살아간다. 실제로 뚱뚱하지도 않은데 말이다. 그리고 뚱뚱하면 좀 어떤가? 최근 '좋아하는 부분'이라는 웹툰을 즐겨보고 있다. 뚱뚱한 여자를 좋아하는 잘생긴 남자에 대한 이야기이다. 주인공은 뚱뚱한 여자를 좋아하는 사람이 흔하지 않은 사회적 분위기 속에서 '변태적 성향'이라는 시선을 받으며 괴로워한다. 그러나 왜 뚱뚱한 여자를 좋아하면 안 되는가? 언제부터 그런 법칙이 있어 왔는지 모르겠다.

사실 많은 남자들이 너무 마른 여자들에 대해 충격적인 이야기를 내 놓는다.

섹스 할 때 뼈가 부딪혀. 아파서 싫어

나 또한 너무 말랐을 때 흥분이 떨어졌다는 남자친구의 얘기를 들었다. 너무 말라서 가슴도 작아지고, 안았을 때 포근한 맛이 없다고. 아마 공감하는 남자들이 있을 것이다. 이 또한 오해였던 것이다.

내가 가진 미적기준 중에서 진정으로 나를 위한 것은 얼마나 될까? 여자들은 자신 본인의 몸 자체를 사랑하려는 노력이 필요하다. 또한 남자들은 본인의 시선을 기준으로 함부로 말해서는 안 된다. 아니, 성별을 떠나서 외모지상주의에 대한 생각을 내려놓기 위해 한 발씩 나아갔으면 한다. 이는 스스로에게도, 사회적으로도 트라우마를 만드는 일이기 때문이다.

상대방의 외모에 관해 상처 주는 말에는 어떤 것들이 있을까? 다음과 같은 생각과 말에 주의하기 바란다.

1. 너 살 좀 빼. (상대방의 건강상 문제가 없는데도, 본인 생각에 조금만 통통하다 느끼면 빼라고 주장하는 것)

2. 너 코만 좀 높으면 예쁘겠다. (성형을 조장하는 말)

3. 가슴보다 배가 더 나왔네 (가슴이 작고 배가 나온 상대방을 비아냥거리는 말)

4. 직업이 OO(예:스튜어디스)인데, 얼굴이 저래서 어떡한대? (직업과 외모를 연결 짓는 것)

5. 너무 무섭게 생겨서 우리 어린이집에는 안 되겠네요. (외모와 고용을 연결 짓는 것)

6. 키 170 이상 지원 바람 (키와 고용을 연관 짓는 것)

7. 나는 긴 머리가 좋아. 나는 눈 큰 여자가 좋아 등 (특정 외모를 요구하는 말)

한편, 스스로 미적 트라우마를 극복하는 방법에는 어떤 것이 있을까.

1. 거울을 보며 미소 지으며 말해본다.

"나만큼 나를 잘 아는 사람은 없어. 누가 뭐래도 나는 나야."

2. 나의 얼굴, 몸매를 지적하는 사람들을 생각한다.

"나의 내면을 사랑하는 사람들을 더 챙기자." (외모를 지적하는 사람들은 나의 내면을 사랑하는 사람들이 아니므로 곧 다 떠나갈 것이다. 그러므로 그들 때문에 영향을 받을 필요가 없다.)

3. 너무 얼굴을 중요하게 여기는 집단에서 일하면서 스트레스 받지 말자. (나 자신을 사랑할 수 있는 일을 찾아보기. 수입이 적더라도 더 행복할 수 있다.)

4. 상사가 성적으로 접근하는 집단은 반드시 신고하고 대처하자.

5. 내 몸이 좋아하는 취미 찾기: 통기타, 그림 그리기, 서예, 운동, 등산, 독서 등

6. 내면을 사랑해주는 사람들과 대화하기 (대화 도중에 남의 겉모습에 대한 이야기를 많이 하는 사람보다, 사람들의 마음을 이해하며 대화하는 사람)

섹스를 한다는 것은 상대방을 받아들이는 행위이다. 그저 몸만 받아들이는 것이 아니라, 상대방이 살아온 모든 삶을 받아들이는 것을 의미한다. 그중에는 그들의 트라우마도 포함되어 있다. 자신과 상대방의 트라우마를 꺼내놓고 이야기하는 것은 쉬운 일이 아니다. 하지만 피한다면 어느 날 어떤 형태로든 나타나서 당신들 사이를 이간질할 것이다.

예를 들어 어느 날 서달이 미소에게 이런 말을 한다면?

'너 메이크업 지우니까 눈 정말 작네 하하.'

서달은 작은 눈이 귀엽다고 한 말이지만, 미소는 되려 화를 내 싸움이 일어날지도 모르고 급기야 스트레스로 성형외과를 찾을지도 모른다. 또 한편 미소가 서달에게 이런 식으로 이야기 한다면?

'너 돈 없잖아, 내가 살게.'

그는 자존심이 상할 것이다. 따라서 현재 불안전한 직업으로는 이 여자를 힘들게 할 것이며, 이 여자와 잘 지내기 위해서 꿈을 버리고 안정적인 공무원을 준비하려고 할지 모른다.

말 말 말, 어느 상황이건 말을 조심해야 하며 상대방의 트라우마를 건드리지 않도록 해야 한다. 한번 상처받은 상대에게 자신의 속마음을 있는 그대로 꺼내놓는다는 것은 결코 쉬운 일이 아니다. 사람들은 때때로 자신만의 방식으로 그 사람을 이해할 수 있다고 자만한다. 그러나 나의 방식으로 상대를 이해할 순 없다. 모든 이해는 그 사람의 방식으로 접근할 때 문이 열리는 법이니까. 상대방이 항상 신경 쓰고 힘들어 하는 것이 무엇인지 관찰하는 노력을 기울여 보자.

이어지는 다음 두 챕터에 걸쳐서는 '말'의 중요성을 구체적인 예시와 함께 다룬다. 실천할 수 있는 방법들을 제시해 실생활에 적용해 볼 수 있도록 구성하였다. 이를 통해 트라우마를 극복할 수 있도록 서로 도와줄 수 있다면 그야말로 환상의 커플이 될 것이다.

● ● ◐

좋은 말
나쁜 말

상대방의 마음을 읽고 싶은가?
그대가 원하는 것은 讀心術(독심술)이다.

이해하다는 뜻의 讀(독)은 말을 뜻하는 言을 기반으로 만들어진 글자이다. 말을 기반으로 이 글자가 만들어진 이유는 무엇일까? 말을 파악하고 이해하는 것이 중요하다는 뜻이 아닐까.

이해를 의미하는 다른 글자인 '認(인)' 또한 말(言)과 참을 인(忍) 자를 합친 글자이다. 역시나 '말'을 포함하고 있다. 남이 하는 말을 참고 잘 새겨 들어 이해하는 것이 바로 인정하는 것이다. 참지 못하고 화를 내거나, 상대의 말을 자르는 태도는 과연 인정하는 태도인가?

이야기할 '談(담)'은 정말 예쁜 글자이다. 불가에 둘러앉아 이야기하는 모습을 말한다. 떨어지는 별똥별을 함께 바라보기도 하고, 속절없이 부서지는 재들을 바라보며, 우리는 어떤 이야기들을 나눌 수 있을까?

그대를 認(인)정하며,
불가에 앉아 도란도란 談(담)소를 나누다 보면
어느새 그대의 마음을 讀心(독심)하는 술법을 부리고 있지 않을까.

열린 창틈을 비집고 들어온 찬 공기가 침대 위에 쓰러진 두 사람의 알몸을 훑고 지나갔다. 달이 붉게 물들어가고 있었다. 차가운 공기가 폐부를 휘감고 공중에 뿌려질 때마다 달궈진 몸 밖으로 상쾌한 각성이 일었다. 어지럽게 흐트러진 침구 사이로 두 사람의 신체가 어지럽게 교차되어 있었다. 둘은 막 첫 관계를 끝냈다.

서달: "좋았어?"

미소: "…….(미소)"

서달: "왜 말이 없어, 별로였어?"

미소: "… 아니, 좋았어."

서달: "내가 좋냐고 물어서 그냥 대답하는 거야, 아니면 정말 좋은 거야?"

미소: "서달 씨. 우리 지금 막 끝났잖아."

서달: "아니 난 그냥…. 미안해."

미소: "미안할 건 아니야."

서달: "그럼 뭐야?"

해서는 안 될 말이 있다. 좋은 말과 나쁜 말의 경계는 어디일까.

그 모호함은 마치 강과 바다의 경계가 만나는 제주도 쇠소깍의 그 경계선과 같다. 쇠소깍을 가 보면 파도가 밀려 올 때는 강물이 바다로 흘러 들어가지 못하고 머무르며 뒤로 살짝 밀려난다. 그렇다고 해서 바다로 흘러가는 것을 포기한 것은 아니다. 파도가 뒤로 빠지면 그때를 틈타 바다로 쓰윽 하고 끌려가듯 빠르게 흘러간다. 사람 마음에도 들쑥날쑥한 밀물과 썰물이 있기 마련이다. 때를 기다려 흘러들 타이밍을 찾는 것이 중요하다.

하지만 단 하나의 질문으로 당신이 해야 할 말과 하지 말아야 할 말의 기준을 파악해 볼 수 있다.

나는 '그'를 사랑하는가, '사랑하고 있는 나'를 사랑하는가?

여러 번 읽어 보길 바란다. 하지 말아야 할 말을 하는 사람은 "사랑하고 있는 나를 사랑하는" 사람이다. 감정의 기준이 '나'를 향하고 있는 사람이다. 지금부터 나오는 11가지의 예문은 실화를 바탕으로 작성한 것이다. 혹시 주변에서 이런 이야기를 들어 본 적이 있는지, 본인이 다음과 같은 말을 상대에게 하고 있지는 않은지 체크해 보기 바란다.

좋은 말/나쁜 말 1

나쁜 말 1.
나는 그가 몸에 딱 달라붙는 셔츠를 입지 말았으면 좋겠다.

여: "자기야 나는 자기가 그 셔츠를 안 입었으면 좋겠어."
남: "왜? 나는 이 셔츠 입을 때 제일 편하고 좋은데?"
여: "너무 달라붙잖아, 수영복도 아니구. 요즘 유행은 좀 여유
있게 입는 거야."
남: "그게 나랑 무슨 상관인데?"
여: "말했잖아. 요즘 패션이라구. 아니, 나는 자기를 위해 말해
주는 거야."

: 솔직해지자. 당신은 오버핏을 좋아한다. 오버핏을 입은 남자친
구를 옆에 두고 길거리를 걷는 당신 자신을 사랑한다. 당신은 '조
언'이라지만 실은 당신을 위해 그에게 선택을 강요하는 것은 아닌
가? 그가 몸에 달라붙는 셔츠를 입을 때 편안하든 말든 그러한 그
의 의사보다는 당신 자신의 자존심을 지키는 것이 더 중요했던 것
은 아닌가.

좋은 말 1.
나는 그가 몸에 달라붙는 셔츠를 입는 것과 관계없이 그를 존중한다.

여: "그 셔츠 귀엽다."
남: "그래? 귀여운가? 편해서."
여: "응, 당신 편한 옷을 좋아하는구나, 그런데 옷이 좀 낡아 보인다. 내가 편한 옷으로 하나 사줄게."
남: "진짜?"

: 여자는 그가 '왜, 무엇 때문에' 그것을 좋아하는지 파악했다. 방법은 어떤 평가나 비하 없이 '딱 달라붙는 셔츠'를 화두로 올리고 그의 반응을 살핀 것이다. 그가 가진 감정 단어를 캐치해 보면 '편안하다'이다. 그는 아주 단순하게 편안함을 추구하는 것이다. 그렇다면 굳이 그 '촌스러운' 디자인에 고집을 부리지 않는다는 것을 알 수 있다. 앞 장을 읽을 때 당신은 그가 '촌스러운 옷'에 집착한다고 느꼈는가 아니면 '편안한 옷'을 좋아한다고 느꼈는가? 무조건 당신의 싫은 감정을 앞세우지는 않았는가. 이젠 그의 감정에 초점을 맞춰 보자.

하지만 너무 싫을 경우 의사를 내비칠 수는 있다. 그 이후부터는 상대방의 선택이며, 그가 나의 의사에도 불구하고 그 취향을 놓지 않는다 해도 그것을 존중해주자. 이때 직접적인 부정적 표현은 좋

지 않다. 마음이 상하지 않게 상대를 배려하는 방식으로 이야기를
이끌어 가는 것이 좋다.

좋은 말/나쁜 말 2

나쁜 말 2.
나는 섹스 후 좋았다는 상대의 반응을 꼭 확인한다.

남: "좋았어?"
여: "응."

: '좋았어?' 는 폐쇄형 질문이다. 대답이 "YES" 아니면 "NO" 두 가
지뿐이다. 50%의 감정게임에 배팅하고 있다.

질문 자체가 어떤 요구를 담고 있다. 상대에게 원하는 대답을 듣
고 싶을 뿐 감정적인 소통에는 큰 관심이 없다. 상대방의 기분을
알고 싶어서 하는 질문이 아니다. 좋은 기분에 스스로 도취되어 있
는 사람이 하는 말이다.

사실은 상대방에게 그 외의 복잡하고 부정적인 대답을 들을까 봐
두려운 마음이 도사리고 있다. 그들에게는 나 자체를 뒤흔드는 말
보다는, 상처받을 확률이 50%인 것이 그나마 낫다. 이러한 형태의

질문을 하는 사람은 더이상 깊은 대화를 꺼리는 사람이기도 하다.

들고 싶은 답이 이미 정해져 있으니 상대는 존중받는다는 느낌을 받을 수 없다. 오히려 단순히 자신을 육체적인 섹스의 도구로 느껴지게 해서 불쾌감이 생길 수 있다.

미소도 같은 이유로 불쾌감을 느꼈다. 심지어 서달의 경우, 타이밍도 맞추지 못했다. 여자는 관계 후에도 여운이 지속된다. 나란히 누워 손을 잡아주거나, 가벼운 키스와 포옹을 바라는데 이런 식의 무자비한 질문은 여자의 감정을 급랭시키는 최악의 방법이다. 섹스까지 별로였다면 더 말할 것도 없다.

좋은 말 2.
나는 섹스 후 그녀의 반응이 궁금하지만 그녀의 기분이 더 중요하다.

남: "좋았어?"
여: "… 응."
남: "이리와 안아 줄게."
두 사람: (침묵하며 포옹)

: 그녀의 대답이 느리고 시원치 않을 때는 폐쇄적인 질문 공세로 그녀를 궁지로 몰아가는 게임을 멈춘다. 그리고 그녀의 표정을 살

피고 대답이 조금 늦게 나오는 이유에 대해서 궁금해 해 보라. 실제로 그녀는 성교통을 느꼈을 수도 있고, 자세가 마음에 들지 않았을 수도 있고, 애무에 만족하지 못했을 수도 있다.

이럴 때는 그녀가 마음을 열기를 기다리며 따스하게 포옹을 해 주는 것이 중요하다. 사정이 끝났다고 해서 그녀를 두고 바로 샤워실로 직행하는 것은 금물. 침대 위에 남은 그녀의 표정을 상상해 보라.

한편, 따스한 포옹과 부드러운 키스로 여운을 즐기며 그녀의 기분이 좋아졌다는 느낌이 온다면 궁금한 것을 질문해도 좋다. 폐쇄형의 반대되는 질문 형태는 개방형 질문이다. "무엇이 너를 좋게 했어?"라는 주제로 이야기를 던져 보면 생각보다 많은 정보를 상대에게서 얻을 수 있다.

이 질문에 대답하는 그녀는 간접적으로 본인이 싫어하는 바를 표현할 수 있다. 예를 들어 "응 나는 네가 엉덩이를 부드럽게 만져 줄 때가 제일 좋아. 다른 곳보다는 거기가 느낌을 강하게 느끼는 것 같아."라고 대답했다고 한다면, 당신이 만져대던 가슴에는 별 느낌이 없었다는 것을 암시한다. 그렇다면 그가 다음 관계에서는 엉덩이를 조금 더 집중적으로 애무할 수 있게 된다.

이 과정에서 상처를 받게 될 수 있다. 내가 잘 한다고 했던 행동들을 부정당하는 느낌을 받을 수도 있다. 하지만 내 육체가 아닌 남의 육체를 똑같은 강도로 느끼는 희귀한 재능이 있지 않다면 그녀의 말에 귀 기울이며 그저 내용을 흡수한다는 마음으로 경청하길 바란다.

좋은 말/나쁜 말 3

> **나쁜 말 3.**
> **나는 당신의 청순함에 반했다. 그렇지 않은 모습은 상상이 안 된다.**
>
> 남: "자기야, 내가 자기의 어떤 모습에 반했는지 알아?"
> 여 : "어떤 점인데?"
> 남: "너무 청순해보였어. 현모양처 같은 모습이 딱 내 이상형이
> 었어. 그런데 오늘 너랑 다투고 보니 완전 속았다는 생각이 들
> 었어."
> 여: "뭐야? (등을 찰싹 때린다)"
> 남: "와 힘도 세네. 농담이야 농담. 화난 건 아니지? 그나저나 너
> 혹시 단발에 앞머리 길러 볼 생각 없어? 너무 잘 어울릴 거 같
> 아. 자기 얼굴이 너무 어려 보여서 아무것도 모르는 순진한 학
> 생 같을 거 같아."

: 자기주장이 강하고, 힘도 세며, 리더십이 강해서 당신보다 많
은 사람이 따르는 그녀. 단발머리에 앞머리를 내리더라도 그녀의

성향은 쉽게 변하지 않는다. 당신은 언제까지 그녀를 사랑할 수 있을까. 아니 애초에 사랑이긴 했을까. 사람을 만나고 사랑을 하는데 외모는 중요할 수 있다. 그러나 그것이 사랑의 결정타가 되었을 때, 만약 그러한 '결정타'가 삭제된다면 나의 사랑도 '삭제'될 것인가?

반대로, 나의 청순한 모습에 반한 남자가, 20년 정도 지나 나를 더 이상 청순하지 않다는 이유로 매력을 느끼지 못한다면 이 세상에 지속 가능한 사랑은 존재하지 않을 것이다. 당신은 그녀를 사랑한 것이 아니라 당신의 취향을 사랑한 것일 뿐이니까. 대화 속 남자처럼 취향을 상대방에게 만들거나 찾으려 할 것이다.

미국을 여행하고 있는데, 한국어를 쓰고 한국음식만 먹을 수는 없는 것처럼, 내가 만나고 있는 사람이 나와 다름을 근본적으로 이해하는 수밖에 없다. 그리고 그 근본을 내가 사랑할 수 있는 것인지 생각해 봐야 할 것이다. 내가 영어 쓰는 것이 즐겁고, 서양음식이 몸에 맞는다면 미국에 평생 사는 것도 나쁘지 않다. 하지만 그 어떤 것도 사랑할 수 없다면 미국을 한국으로 바꾸는 것은 불가능하니 그 여행지를 과감히 떠나는 것도 괜찮은 선택이다.

좋은 말 3.
그녀가 청순해서 내 마음에 든 건 맞지만, 그것이 없어진다 해도 사랑할 수 있다.

남: "자기야, 내가 자기의 어떤 모습에 반했는지 알아?"

여: "어떤 점인데?"

남: "너무 청순해보였어. 현모양처 같은 모습이 딱 내 이상형이 었어. 그런데 오늘 너랑 다투고 보니 자기를 다르게 봐야겠다 는 생각이 들었어."

여: "정말 내가 그렇게 보였어? 나 솔직히 그렇진 않은데…. 그 런데, 왜?"

남: "그냥 내가 생각했던 것과 다른 모습을 네가 가지고 있을지 모른다는 생각을 했고, 그것마저도 사랑스럽다는 생각."

여: "감동이야, 고마워."

: 나에게 부족한 점을 상대에게 찾는 것은 어찌보면 당연한 일이 다. 키가 작거나 특정부위에 콤플렉스가 있는 사람은 결점을 보완 해 줄 상대를 찾곤 한다. 그러나 연애에 다툼이 잦은 사람들을 보 면 상대를 있는 그대로 받아들이기보다 본인에게서 필요한 것을 상대에게서 찾으려 한다.

특히 '이상형'이라는 틀 안에 상대를 끼워 맞추는 것은 금물. 내 연인은 자신만의 특별한 무언가를 갖춘 사람이다. 그래서 사랑하 게 된 것이 아닌가. 예를 들어 당신이 바라는 '근육질 몸매에, 자상 하며, 몸에서는 시원한 숲속향이 나는 손이 큰' 사람이 아니다. 너 무나 구체적이어서 맞출 수도 없는 당신의 이상형의 틀을 거두길 바란다. 그는 당신을 위한 맞춤 수제화가 아니다.

사람은 복잡하고 오묘한 존재로서 장점 외에 결점 또한 동시에 존재하는 법이기 때문이다.

지금 사랑하는 사람과 나의 트라우마는 어떤 관계가 있는지 살펴보았을 때, 그것이 지나치게 큰 비중을 차지한다면 그 자리는 다른 이로 '대체가능'할 위험이 있다. 그녀를 사랑의 부품처럼 취급하는 것이다.

예를 들어 너무 강한 어머니 아래에서 자랐기 때문에 그러한 이상형을 가지게 되었다면 나의 트라우마를 그녀에게 투영하여 극복하려고 하지 말자. 청순하고 현모양처형인 여성을 통해 강한 어머니에게서 받은 심리적 압박감을 보상받으려 했다면, 그렇지 못한 여자친구와 헤어지기 전까지 만족하지 못할 것이다. 아마도 그 자리를 대체해 줄 청순한 여성을 찾게 될 것이다. 차라리 트라우마를 솔직하게 고백하고 그녀와 함께 감정을 공유해 보자. 관계의 질이 달라질 것이다.

내가 가진 기대를 놓고 연인만의 분위기, 색깔을 사랑할 수 있는 가? 그렇다면 당신은 단순하게 '청순함'이라는 요소가 사라져도 그 매력을 바탕으로 연인을 지속적으로 사랑하게 될 여지가 있다. 사랑은 물건처럼 구매하는 것이 아니다. 당연히 그녀의 청순함을 구매하는 것도 아니다.

내가 평소 연인의 어떤 모습을 기대했는지 생각해 보고 '청순함'을 다른 단어로 바꾸어 연인과 대화하는 시간을 가져 보자.

좋은 말/나쁜 말 4

나쁜 말 4.
나는 그가 다른 사람들이 싫어할 행동을 하지 않았으면 좋겠다.

남: "길거리에서 왜 춤을 추고 그래."
여: "왜, 오늘 너무 기분 좋아, 승진했잖아!"
남: "아니 길 가던 사람들이 다 쳐다보잖아."
여: "왜 그래! (그를 와락 안는다)."
남: "왜 이래 공공장소에서!"
여: "너 정말 왜 그래?"
남: "다른 사람들한테 피해 주는 것 같아서 싫어."

: 풍기 문란죄가 물론 있다. 하지만 야외에서 성기를 노출하며 상대방에게 혐오를 주는 과한 행동이 아닌 이상 가벼운 포옹은 풍기 문란죄가 아니다. 그럼에도 불구하고, 길거리의 불특정 다수의 사람들이 싫어(한다고 생각하는) 행동을 하는 여자친구가 싫다. 왜냐면 우리가 같이 있기 때문에, 따가운 시선은 나의 몫이기도 하기 때문이다. 이를 이유로 그녀에게 감정의 억압을 요구한다.

사람들은 정말 간절히 원하던 무언가를 해냈을 때, 얼싸안고 격하게 행동한다. 승진을 했으니 흥이 넘치는 것은 자연스러운 일이다. 과하지 않다면 받아줄 수 있는 상황이다. 기다리던 승진을 했으니 흥분하는 것은 자연스러운 일이다. 그러나 이러한 감정조차 '나를 불편하게 한다면' 컨트롤 해야 마땅하다고 생각하는 것이다. 내 마음을 자세히 들여다보자. 당신은 진정으로 타인이 피해를 볼까 봐 걱정하는 것인가? 아니면 내가 피해를 볼까 봐 걱정하는 것인가?

이 상황에서 그녀가 하던 행동을 멈춘다면 나는 만족하지만, 상대방은 그날 하루의 기분을 모두 거부당하는 기분이 들 것이다.

좋은 말 4.
나는 그가 내가 싫어하는 행동을 할 때 왜 그러는지 감정언어를 먼저 살핀 후, 내가 싫어하는 부분이 있다면 조심스럽게 알려 줄 것이다.

(여자친구 춤추는 중)
여: "나 오늘 너무 기분 좋아, 승진했잖아!"
남: "자기야 춤 너무 재미있게 추는 거 아니야? 동영상 찍어 줄까?"
여: "하하하 그래! (그를 와락 안는다)."
남: "앗 자기야 나 자기랑 안는 건 진짜 좋은데, 저기 옆에 할아버지가 계시잖아. 우리 할아버지가 생각나서 조금 불편해. 엄

하시거든."

여: "아 그래? 미안해. 그럼 우리 그냥 가볍게 손잡고 걷자!"

: 만약 당신이 그녀의 춤으로 인해 굉장히 불쾌하고 스트레스 지수가 상승하는 느낌이 아니라면, 승진하여 매우 들뜬 여자 친구의 기분을 조금 맞춰줄 줄도 알면 좋겠다. 하지만 정말 머리가 찌릿할 정도로 불쾌한 경우에는 그 이유에 대해서 배경을 조금 덧붙여 설득하면 효과적일 것이다. 그녀가 당신의 엄한 할아버지를 실제로 봤다면 효과는 배가될 것이다. 이것은 서로에 대한 컨트롤이 아니라, 조정이며 합의이다.

좋은 말/나쁜 말 5

나쁜 말 5.
나는 그가 우리 부모님이 싫어하시는 직장은 고려해 봤으면 좋겠다.

여: "자기야, 사업 준비는 잘 돼가?"
남: "응, 하- 힘들어. 이것저것 할 게 너무 많네. 돈도 많이 들어가고."

여: "투자해서 나중에 원금 손해 안 볼 자신 있어?"

남: "그건 해 봐야 아는 거지, 잘 될 거야. 그 이상 하려고 노력 중이야."

여 "솔직히 말해서 나는 자기가 왜 회사 그만 둔지 모르겠어. 부모님도 걱정하시거든 자기 사업하는 거. 지금 투자금이 3억이 넘었잖아. 집 한 채 값을 거의 투자해 놓고 잘 모른다는 게 말이 돼?"

남: "너 지금 무슨 말을 하는 거야? 나 지금 여기까지 오느라 많이 힘들었던 거 알잖아."

여: "그래서 하는 말이야. 부모님들도 우리 미래 걱정하셔. 당신이 걱정돼서 하는 말이지."

: 말의 속내를 들춰보면 이렇다. '너한테 인생을 걸어야 하는데, 걱정이 안 되겠어?'

불안한 인생의 여정에 필요한 안정적인 직장과 경제력에 대한 확신을 찾고 있는 당신. 부모님의 의견과 걱정을 핑계로 상대방에게 권유도 아닌 강요를 하고 있다. 그저 안정적인 직업을 갖고 있는 사람을 만나고 있는 내 자신을 사랑하기 때문이다.

좋은 말 5.

그는 불안정한 직장을 선택했지만, 나는 내 성향에 맞는 안정적인 직장을 유지하여 위급한 상황에 대비할 생각이다. 나는 나의 삶을 그 없이도 온전히 책임질 수 있다.

여: "자기야, 사업 준비는 잘 돼가?"

남: "응, 하 힘들어. 이것저것 할 게 너무 많네. 돈도 많이 들어가고."

여: "자기는 남의 밑에서 일 하는 것이 안 어울려. 힘내. 꼭 성공할 거야. 하지만 나는 반대 성향인가 봐, 회사에서 안정적인 게 좋아. 나는 내 회사를 꾸준히 다니려고 해, 나중에 육아휴직도 보장해 준대."

남: "회사 다니면 그런 장점이 있지. 고마워 내가 회사를 다니지 못해 생기는 단점이 자기 때문에 보완이 되겠네."

여: "응 아니야. 나는 얼른 자기가 만든 레스토랑에서 식사하고 싶어. 성공하든 실패하든, 항상 당신 곁에 있을게."

남: "고마워. 자기 말을 들으니 힘이 나네. 나도 회사를 안정적으로 시작할 수 있도록 오늘부터 더 준비를 철저히 할게. 우리 같이 커 가자."

: 사실 '안정성'에 대한 걱정을 하자면 끝이 없다. 사업이 아닌 회

사생활도 과연 안전하기만 한 것일까? 실제로 느닷없이 직장에서 쫓겨나는 사람들을 왕왕 볼 수 있다. 회사의 '부속품'에 불과했던 이들이 쓸모가 없어지자 '교체'를 당한 것이다. 더군다나 정년이 되면 퇴직을 해야 한다. 그렇다면 이런 면에서 사업도 괜찮은 선택 아닐까.

정답은 알 수 없다. 미래를 예측하는 것은 불가능하다.

그리고 무엇보다 중요한 것은 상대방의 직업을 안정적으로 바꾸는 것보다, 내가 안정적이라고 믿는 직업을 갖는 것이 더 효율적이라는 것이다. 그의 직업을 바꾸려는 마음 깊은 곳에는 그의 직업이 아닌 나의 직업에 불만이 있는 것은 아닌가? 그의 직업에 불만을 표하기보다, 나의 생계를 책임질 수 있는 경제적인 독립성을 확보해 보자. 그렇다면 그에 대한 의존도가 낮아지면서 그의 직업에 대한 참견도 줄어들 것이다. 스스로도 그것이 불가능하다면 상대방에게도 어렵기는 마찬가지니 압박을 하지 말아야 할 것이다.

당신의 안정적인 성향을 바꾸기 힘들 듯, 반대로 상대방의 모험심 강하고, 도전적인 성향을 마음대로 바꿀 수도 없는 것이다. 이것은 부모님이 아니라 부모님의 할아버지가 오셔도 힘들기는 마찬가지다. 어른에게 예의상 맞추는 척을 할 수는 있어도, 본인의 기질을 바탕으로 한 인생의 중요한 결정을 바꾸는 것은 어렵다.

앞으로 직업이 얼마나 많이 바뀔지도 모르는 일이다. 그 사이에 둘은 계속 연인관계를 이어 나갈 것이다. 이는 한 자리에 같이 앉아서 지는 해와 뜨는 달을 바라보는 것과 같다. 해가 뜨면 뜨겁다고 불평하고, 달이 뜨면 어둡다고 무서워할 것인가? 서로 다독이며 우리의 자리를 지키자.

좋은 말/나쁜 말 6

나쁜 말 6.
그의 섹스 하는 방식이 마음에 들지 않지만, 괜히 말했다가 내가 밝히는 여자가 되는 것 같아서 말하기 싫다.

남: "자기야, 자기는 어떤 자세가 좋아?"
여: "부끄럽게 왜 그런 걸 물어봐! 난 괜찮아 다 좋아."
남: "정말? 나는 뒤에서 할 때가 제일 좋은데!"
여: "아 진짜 자꾸 왜 그런 말을 하고 그래 섹스만 생각하는 짐 승같이."

 : 앞으로의 우리의 섹스가 계속 이렇다고 해도 상관없다. 일단 내가 부끄러우니까. 사실 여성 상위 체위를 좋아한다는 것은 비밀 이다. 그가 나를 밝히는 여자로 생각할까 봐 두려운 마음을 보호하 는 것이다. 보수적인 문화가 작용하는 영향도 적지 않다.
 나를 보호함으로써 아무 갈등도 일어나지 않은 섹스를 하는 나를 사랑하는 것이다. 섹스가 끝나면 마치 없었던 일처럼 덮어두려 한다. 그러나 대화를 통해 만나게 될 섹스의 본 모습은 보고 나면 후회 없을 정도로 만족스럽고 아름다울 것이다. 밝히는 여자면 어떤가. 내가 좋은걸 좋다고 말하는 것은 자연스러운 것이다. 내가 '밝히면' 상대방이 나를 더 잘 알고 배려해 줄 것이다. 내가 어떤 자세가 좋다고 말했다고 해서, 내가 섹스를 좋아한다고 해서 나를 비난하는 남자가 오히려 비판 받아야 할 것이다.

좋은 말 6.
섹스 시 그와 하나가 되는 소중한 과정에서 나도 황홀하게 느끼고 싶다. 내가 행복하면 그도 행복하다는 것을 믿고 그에게 조심스레 말해본다.

남: "자기야, 자기는 어떤 자세가 좋아?"
여: "음 나는 어떤 자세가 중요하기보다는, 그 순간순간에 자기 표정에서 느껴지는 감정에 더 흥분하는 거 같아."
남: "그래? 그러면 나와 얼굴을 마주 보지 못하는 자세에서는? 가령 자기가 엎드리고 내가 뒤에서 한다든가…."
여: "응 솔직히 그 자세는 조금 흥분이 덜 되는 거 같아. 자기 얼굴 보는 게 더 좋아."
남: "사실 나도 그래, 엎드리는 자세는 그냥 한번 시도해 본 거

야. 다음에는 우리 그 자세로 사랑을 나누면 되겠다."

여: "그래, 그런데 여러 자세 도전해 보는 것도 괜찮은걸?"

: 이런 말들을 내뱉는 데 두려워 할 필요가 없다. 오히려 매력을 증폭시키기도 한다. 당신의 발언에 맞고 틀리고는 없다. 섹스는 몸과 마음을 결합하는 과정이므로 당신의 '마음'은 충분한 근거를 제공한다. 그러니 솔직하게 느껴지는 감정을 부드럽게 상대방에게 전달해 보자. 서로 억지로 한 섹스가 아니라면, 사랑하는 당신의 남자친구는 당신의 말에 귀 기울여 줄 것이다.

좋은 말/나쁜 말 7

나쁜 말 7.
나는 그녀에게서 매번 입 냄새가 나도, 괜히 말했다가 상처를 줄까 봐 말하지 못하겠다.

여: "오빠!"

남: "(속으로 '윽, 냄새!'라고 생각하는 그) 여행 잘 갔다 왔어?"

여: "응 사진 보여 줄까? 이것 봐! 바다 진짜 예쁘지? (바싹 다가 앉으며)"

남: "(얼굴 표정을 관리 하는 그)정말 예쁘네…."

: 그에게는 아마 썩은 바다처럼 보였을 것이다. 아름다운 몸매의 하얀 수영복을 입은 그녀일지라도 더 이상 섹시하지 않다. 입 냄새가 난다고 말하고 싶은데 차마 입이 떨어지지 않는다. 하지만 이는 그녀의 원망을 살 것을 두려워한 나를 보호하는 것이지, 결코 그녀를 사랑하는 배려가 아니다.

실제로 그녀의 입 냄새의 원인이 위에 심각한 문제가 있어서라면? 이를 방치했는데 어느 날 갑자기 그녀가 위암이라고 한다면?

물론 그래서는 안 되겠지만, 사랑하는 사람의 몸에서 주는 이상 신호에 대해서 무시해서는 안 된다. 앞 장에서 살펴보았듯이 여성의 성기에서 맡았던 냄새의 원인이 질염이었던 것과 마찬가지다.

좋은 말 7.
냄새가 부담되지만, 그녀를 사랑하므로 상처받지 않게 말하고 싶다.

여: "오빠!"
남: "(속으로 '윽 입 냄새!'라고 생각하는 그) 응 소연아. 여행 잘 갔다 왔어?"
여: "응 사진 보여 줄까? 이것 봐봐! 바다 진짜 예쁘지? (바싹 다

가앉으며)"
남: "(얼굴 표정을 관리 하는 그) 정말 예쁘네, 하지만 네가 더
예뻐. 근데 너 속이 안 좋아?"
여: "아니 왜?"
남: "응 위염이 있는 사람에게서는 신 냄새가 난다는데, 내가 지
금 신 냄새를 맡은 거 같아."
여: "어 그래?"
남: "걱정되니까 병원 같이 가보자."

: 썩은 바다의 냄새에 절망하던 그는 곧 에메랄드 빛 상쾌한 바다
향이 나는 그녀와 함께하게 될 것이다. 그리고 언제 키스할지 몰라
두려웠던 마음이 곧 사라지고, 먼저 다가가 입술을 내밀 것이다.

좋은 말/나쁜 말 8

나쁜 말 8.
남에게 묻는 행위는 자존심 상하는 일이라고 느낀다.

여: "자기야 우리 언제 도착해?"
남: "응 곧이야 곧. 나만 믿어."

여: "정말? 아까 10분 후에 도착한다 해놓고 지금 1시간째 헤매고 있잖아. 내비게이션도 안 켜고. 저기 길에 서 있는 어르신께 여쭤보자."

남: "아니야, 다 왔다니까. 저기 저 칼국수 집 지나면 도착해."

여: "저 칼국수 집 세 번째 보고 있잖아."

남: "아 참 다 안 다니까 그래도. 내 드라이브 실력 못 믿어?"

여: "아 화장실 가고 싶어 죽겠다고! 그냥 그 레스토랑에 전화해볼게 지금."

남: "다 왔다니까 뭣 하러 전화해! 5분만 참아."

: 내비게이션마저도 이용하지 않고 당당하게 길을 잃어버렸다. 그러나 내비게이션 도움 없이 길을 찾을 수 있다고 했으므로, 창문을 내려 누군가에게 물어 보는 것은 정말 자존심 상하는 일이다.

여자들은 이럴 때 정말 답답하다고 느낀다. 모르면 물어보는 것이 뭐가 그렇게 자존심이 상해서. 내비게이션 없이 길을 찾아내더라도 그 모습이 엄청나게 섹시한 것도 아닌데.

반대로 소변이 마렵다고 호소해도 자존심이 우선인 모습에 오히려 매력이 뚝 떨어진다. 스스로 틀렸다는 것을 인정하고 싶지 않은 사람이다. 길을 찾지 못하는데도 불구하고 아무에게도 물어 볼 생각하지 않는 답답한 태도가 당신을 한심하게 한다.

좋은 말 8.

다급한 상황에서는 자존심을 부리기보다 최적의 방법을 찾는 것이 우선이다.

여: "자기야 우리 언제 도착해?"

남: "음…. 잠깐만 내가 길을 잃은 것 같아."

여: "그래? 그럼 저기 계신 어르신께 여쭤보자."

남: "그래 알았어."

: 누구나 길을 잃을 수 있다. 실수를 인정한다고 해서 그녀가 떠나지 않는다는 믿음을 갖자. 설령 길을 잃는 실수 때문에 그녀가 당신에게 화를 내며 헤어지자고 말한다면, 헤어지자. 그런 여성은 자신의 마음대로 당신이 움직이지 않으면 화를 참지 못해 앞으로도 당신을 괴롭힐 것이 분명하다. 빠르게 놓아주자.

자존심이 걸린 상황에 매달려 있지 말고, 상황을 해결할 방법을 찾아내 현명하게 대처하라. 그러면 당신은 일주일에 겨우 한 번 하는 소중한 데이트 시간을 말다툼으로 허비하지 않을 것이다.

좋은 말/나쁜 말 9

나쁜 말 9.
그가 내가 하는 만큼 해 주지 않을 때 이기적이라고 느낀다.

남: "나는 항상 집에 오면 빨래 널고, 청소하는데 당신은 하루도 못 가고 엉망을 만드는 거야?"
여: "당신이 깔끔한 성격인 건 알겠는데, 당신처럼 난 그렇게 못 해."
남: "물건 제자리에 두고, 옷 빨래통에 넣는 게 그렇게 어려워?"
여: "나도 나름 정리하고 치운단 말이야. 화장실 배수구 비우는 것 같은 일. 이런 건 넌 하지 않잖아."
남: "그렇게 쉬운 일 말하는 게 아냐. 난 집 전체를 치우잖아. 넌 왜 그렇게 이기적이니?"

: 청소로 다투고 있는 두 사람의 청결 기준은 각자 다르다. 아주 깔끔한 성격의 남자와 조금 지저분한 여자. 기준이 다를 뿐이란 것을 남자는 인정하려 들지 않고 있다.

그는 상대를 이기적이라고 비난하고 있지만 정작 자신의 생각을 주입하며 상대방을 나무란다. 당신의 깨끗함의 기준에 그녀도 맞추라고 강요하고 있다고 생각하지는 않는가?

반대로 당신은 그녀만큼 더러워 질 수 있는가. 그녀는 뱀이 허물을 벗듯이 바지를 벗어두고 다음날 그것을 그대로 입는 것이 편하다. 빨래를 정성스럽게 정리할 시간에 차라리 목욕을 빨리 하고 자리에 눕고 싶다. 그렇게 살아왔고, 누구도 간섭하지 않았기에 당신의 말이 모두 스트레스로 다가온다. 과연 누구를 위한 청소인가. 누가 이기적인 것인가.

같은 문제를 겪던 나의 사촌오빠 부부 커플은 집안일의 하나부터 열까지 모두 항목으로 뽑아서 각자 배정했다. 그리고 불만이 생기면 재배정하기를 두세 차례 반복한다. 특별한 점은 빨래인데, 누가 빨래 당번을 하든지, 상대방의 스타일로 옷장 정리를 해 주는 것이다. 남편은 옷을 둘둘 말아 아무렇게나 두기를 좋아하고, 부인은 깔끔하게 정리하는 것을 좋아하는 취향을 존중해 준다. 지금은 누구 하나 불만 없이 행복하게 지내고 있고 혹시 또 불만이 생기면 다시 수정할 예정이라고 한다.

좋은 말 9.
내가 인식하지 못한 부분을 신경 써주는 것에 감사함을 느낀다.

남: "나 지금 빨래 돌릴 건데, 뭐 필요한 거 없어?"
여: "응 여기."
남: "음 아까 보니까 화장실이랑 방에도 몇 개 놓아져 있더라.

자기가 벗을 때 조금만 신경 써 준다면 빨래 돌리는 게 더 수월할 거 같아. 항상 빨래 통에 넣어 줄래?"

여: "응 알았어."

남: "응 노력하는 게 중요하지. 자기가 원래 털털한 성격인 거 아는데 뭐."

여: "고마워. 나는 그럼 매일 배수구 청소할게!"

남: "엇, 나 배수구는 사실 청소 잘 못 했는데…. 역시 자기랑 있으니까 너무 좋다. 고마워!"

: 의외로 많은 연인들이 동거를 하거나 신혼부부가 되면서 집안일 문제로 크게 싸우곤 한다. 당신은 평생 하지 않던 '창문 틀 청소' 따위를 갑자기 잘 할 자신이 있는가? 항상 벽을 보고 자는 자세가 편했는데, 갑자기 연인이 팔베개를 해준다고 해서 편히 잘 수 있는가?

연인이 되면 서로의 생활 일부를 공유하게 된다. 따라서 그의 습관을 인정하고, 내가 원하는 것을 양보해야 할 때가 있다. 평소 잘 치우지 못하는 사람이 깔끔해지기란 매우 어려운 일이다. 청소타입이 달라 서로 부딪칠 확률은 매우 크기 때문에 상대의 입장을 배려해 가며 자신의 생각을 전달하는 것이 중요하다. 연인이라 할지라도 일방적인 희생은 관계에 도움이 되지 못한다.

상대방이 얼마나 변화하고 있는지에 관심을 가져보자. 노력하고 있는 모습을 언제나 칭찬해주도록 해보자. 그리고 연인과 함께 마주 앉아 내가 미처 신경 쓰지 못한 부분에 대해 상대방은 어떤 노력을 하고 있는지 10가지 정도 발견해 보는 시간을 가져 보자. 굉장히 따뜻한 시간이 될 것이다.

좋은 말/나쁜 말 10

나쁜 말 10.
나는 별 뜻이 없었는데, 상대방이 서운해 하면 이해하기 힘들고 당황스럽다. 심지어는 화가 난다.

여: "자기야 나 머리 어때? 단발 잘 어울려?"
남: "응 잘 어울려. 근데 나는 긴 머리가 예쁘던데, 왜 잘랐어?"
여: "뭐라고? 왜 말을 그렇게 해?"
남: "왜? 난 별 뜻 없었어. 머리 잘라도 자기를 좋아하는 건 사실 이야."
여: "별 뜻이 없긴 뭐가 없어. 사람 정말 속상하게 하네."
남: "별로 심각하지도 않은 일 가지고 왜 그래? 난 자기를 좋아 한다니까."

: 그녀의 '초미세 변화 감지 테스트'에 불합격한 당신. 정답을 찾

으려 했는가? 하지만 사실 그녀에게 잘 어울린다 혹은 어울리지 않는다는 평가는 중요한 것이 아니다. 명쾌한 답변이 궁금한 사람은 다음 장의 같은 번호를 참고하길 바란다.

하지만 이어지는 "별 뜻 없었는데 왜 그래?"라는 말은, 상대방의 기분을 받아들일 생각이 없으며, 내 감정을 공격하는 당신에게 나도 상처 받고 있다는 것을 역으로 전하고 싶다는 것을 뜻한다. 내가 느끼기에 '별것도 아닌' 일을 상대방이 예민하게 느끼는 것을 이해할 수 없기 때문이다. 공감 능력이 결여된 상태로 지속적으로 자기 방어를 하는 것이다.

좋은 말 10.
내가 별 뜻 없이 한 말에 상대방이 언짢을 수 있음을 인정한다. 내가 만약 별 감정 없이 한 말이라면 심각하게 생각하지 말고 사과하자.

여: "나 머리 어때? 단발 잘 어울려?"

남: "응. 그런데 나는 긴 머리가 좋은데. 왜 잘랐어?"

여: "왜 말을 그렇게 해?"

남: "왜? 내가 실수했어?"

여: "몰라. (토라진다)"

남: "(안아주며) 음 보자, 네가 긴 머리일 때는 몰랐는데, 단발이

너한테 훨씬 잘 어울려. 5살은 어려 보여.”

여: “거짓말하지 마. 긴 머리가 좋다며.”

남: “근데 갑자기 단발이 예뻐 보여, 오늘 자기가 내 취향을 바꾼 거 아닐까?”

: 물론 거짓말이다. 하지만 이러한 선의의 거짓말이 의외로 분위기를 부드럽게 만드는 경우가 있다. 생각해 보면 동물들도 이러한 '거짓말'로 생존 전략을 꾸민다. 예를 들어 천적에게 먹히지 않기 위해서 자기 몸의 색깔을 바꾸는 나비. 반대로 맛있는 먹이에게 들키지 않기 위해서 자기 몸 색깔을 바꾸는 카멜레온.

중요한 것은 '생존'이라는 목적이다. 당신의 연애는 오늘 '생존'했는가? 작은 거짓말로 그녀를 기쁘게 할 수 있다면, 당신은 좋은 전략가이다.

특히 상대방이 기분이 나쁘다고 직접적으로 표현한 상황에서, '나는 몰랐다. 별 의미 없었다.'라는 것은 타당한 이유가 되지 못한다. '나는 몰랐으므로, 그때의 네 기분 또한 내가 알 필요 없다. 네 기분은 나에게 별 의미가 없다'라는 식으로 해석될 수 있기 때문에 주의해야 한다. 상대방의 감정의 언어를 자세히 살펴보고, 그래도 정말 모르겠다면 되물어보자.

좋은 말/나쁜 말 11

나쁜 말 11.

내 친구 남자친구는 안 그러던데, 자기는 왜 그래?

여: "오빠 재성이 알지? 나 오늘 걔랑 만나고 와도 돼? 밥만 잠깐 먹고 헤어질 거야."

남: "어, 근데 걔 남자잖아. 걔를 단 둘이서 왜 만나?"

여: "왜? 친구잖아. 그냥 밥만 먹는 거야."

남: "남녀 사이에 친구가 어디 있어?"

여: "오빠 왜 그래? 혜진이 남자친구는 혜진이가 남자사람친구 만나도 다 이해해 준다는데."

남: "걔랑 나랑 같아? 그리고 난 너를 못 믿는 게 아니라 그 남자를 못 믿는 거야."

: 이성인 친구를 둔 사람이라면 공감할 것이다. 연인을 사귀기 이전부터 친구였는데, 연인 때문에 트러블이 생기는 경우. 이 경우에는 정답이 없다. 서로의 가치관이 달라서 생기는 문제이기 때문이다. 실제로 남성 친구와 바람이 나서 남자친구와 헤어지는 경우도 볼 수 있으며, 반대로 수 십 년간 진한 우정을 유지하는 남성 여성의 친구 관계도 볼 수 있다. 이것은 개인의 문제지, 전체의 문제

가 아니다.

그렇다면 이 대화의 첫 번째 문제는 '재성'이라는 사람을 남자로 볼 것이냐, 친구로 볼 것이냐에 대한 생각의 차이이다. 두 사람은 그를 어떻게 생각할 것인지가 극명하게 다르기 때문에 서로 수평선을 달리며 대화하고 있다. 먼저 '재성'이라는 친구의 위치와 우리 커플에게 갖는 의미에 대해서 정리할 필요가 있다.

두 번째 문제는 '비교'하는 태도에 있다. 사람이 가장 공격을 당한다고 느끼는 때가 바로 비교를 당할 때이다. 이는 상대방의 자존심을 건드리는 행위이다. 남자는 '둘만의 문제에 갑자기 왜 혜진이 남자친구와 비교를 당해야 하지?'라고 느낄 것이다. 더욱이 '남자친구'라는 같은 지위에 있는 남자로서는 혜진이 남자친구보다 못하다는 식의 발언에 화가 난다. 이런 말은 '절대로 해서는 안 될 말' 1위에 꼽아도 손색이 없다.

좋은 말 11.
우리 연인은 특별한 관계이며, 남들과 같은 법칙이 적용되지 않는 둘만의 특별한 세계에 있다. 그러므로 우리 둘 사이를 이해할 수 있는 것은 우리 자신뿐이다.

여: "오빠 재성이 알지? 나 오늘 개랑 만나구 와도 돼? 밥만 잠깐 먹고 헤어질 거야!"

남: "어 근데 나는 네가 남자인 친구랑 만나는 게 마음에 걸리는데?"

여: "왜?"

남: "나는 남녀 사이에는 친구가 없다는 생각이고, 너보다는 남자를 못 믿겠어."

여: "오빠, 나는 남녀 사이에도 우정이 있을 수 있다고 생각하는데, 이 친구와 벌써 10년째 우정이야."

남: "그래? 그래도 난 좀 불편한 걸?"

여: "그럼 오늘은 이 친구랑 만나는 일 때문에 우리 사이에 생각의 차이가 생겼으니까, 얘를 만나면 우리 더 갈등이 생길 거 같아. 오늘 이 친구 말고 오빠를 만나서 얘기를 좀 나눠야 될 거 같아."

남: "그래 내 생각도 그래. 일단 우리끼리 먼저 어떻게 할지 합의를 본 다음에 행동을 하자. 친구에게는 미안하다고 전해줘."

: 모든 가치관이 동일한 커플이 존재할까? 처음에는 너무나도 나와 잘 맞는 사람이, 종교나 정치 이성관 등의 문제를 놓고 나와 대립할 때가 있다. 이는 누구의 잘못도 아니다. 그저 서로의 다름을 인정해야 하는 기점에 마주 선 것이다.

이러한 생각이 갖춰진다면, 타인과 비교는 무의미하다. 애초에 '친구 커플'은 우리와 동일인물이 아니며, 당연히 가치관도 다를 수

밖에 없다. 서로를 공격하는 '비교'라는 무기는 접어두자.

이때는 서로 다른 가치관을 가진 상대방을 향한 비난의 화살을 거두고, 건전한 토론의 자세로 서로를 이해하려고 노력하는 것이 중요하다. 마치 새로운 시험 문제를 만난 것처럼 진지하면 더 좋다. 어려운 방정식이지만, 서로의 x와 y축에 적당한 값을 집어넣는다면, 아름다운 함수가 만들어지지 않을까?

'좋은 말 / 나쁜 말'을 마치며

지금, 당신이 '무엇'을 사랑하고 있는지 확실히 알고 있는가?

당신은 '나쁜 말'의 방식으로 상대방을 대한 적이 종종 있는가? 그렇다면 당신은 '사랑하고 있는 나를 사랑하는 사람'에 가깝다. 이것은 '환상'을 사랑하는 것과 같다.

알랭 드 보통의 『왜 나는 너를 사랑하는가』에서, 사랑하는(한다고 믿는) 여자가 촌스러운 구두에 푹 빠지자 남자가 하는 말.

"어떻게 나의 인생으로 걸어 들어와, 나를 사랑하고 이해한다고 주장하는 여자가 이런 구두에 끌릴 수 있을까?"

그가 그녀를 사랑한 이유에는 그 '촌스러운 구두'는 없었다. 그의 기준에서 그녀는 '여학생들과 수녀들이 좋아하는 수수하고 낮은

검은 구두를 신은 여자'여야 했다. 그런데 갑자기 온갖 장식이 달린 구두를 신고 오자, 그의 사랑이 흔들리며, 그녀에 대한 비난으로 이어진 것이다. 그 둘은 심하게 다투게 된다. 결국 여자는 구두를 창문 밖으로 집어 던지며 소리를 지른다.

다시 한 번 묻고 싶다.

지금 내가 사랑하는 사람이,
내가 싫어하는 촌스러운 티셔츠를 매일 입고 싶어 해도
치질이 심해도
이성친구가 많아도
집을 매일 어지럽혀도
내가 볼 때 직업이 불안해도
그래서 부모님이 싫어해도
돈이 없어도
가끔 길거리에서 싫어하는 행동을 해도.
…….
나는 그 사람을 사랑할 수 있을까?

● ● ●

연습 이방인 연습하기

짠, 너 지금 어디야? 비명소리가 들리지 않니? 주변을 한번 돌아 봐. 심각한 일이 벌어진 게 분명해. 그래 지금 넌 교통사고 현장에 와 있어. 한 사람이 차에 깔려 팔 다리가 짓뭉개졌어. 시뻘건 피가 콘크리트 바닥에 빗물처럼 고여 있어. 다행이야, 일단 살아 있어.

이를 본 네 표정은? 끔찍하다는 생각과 함께 안쓰럽다는 생각이 들 거야. 하지만 솔직히 말해서 그는 이름 모를 '어떤 사람'이기 때 문에 그의 고통이 네 뼈와 살로 와 닿기는 힘들어.

너는 안타깝지만 가던 길을 가겠지.

반대로, 그래서는 안 되지만 내 사랑하는 사람이 그 자리에 있다 고 상상해 보자. 특히 연인이라고 생각해 볼까? 생각하기는커녕 당 장 달려가 무릎을 꿇고 그를 붙잡고 울고 있을 거야. 119가 아무리 빨리 와도 늦는다는 생각에 미쳐버릴 거 같아. 바닥에 눌러 붙어 있는 그의 팔은 건드리지도 못해. 피가 철철 나고 있는데 마치 그 게 내 상처 같아서. 어떻게든 빨리 병원으로 데려가야겠다는 생각 뿐이야. 앞이 캄캄해.

이제부터 너는 너의 모든 정성을 연인을 위해 쏟을 거야.

같은 사고의 상황이지만 상반된 태도를 보인 이 두 가지는 무엇을 의미할까? 사람은 나에게 '의미'가 있는 사람에게 감정적으로 크게 반응한다는 것을 의미해. 위의 사례는 이해를 돕기 위해 긍정적 반응을 먼저 말하고 있어. 하지만 반대의 경우도 마찬가지야.

예를 들어 '치마가 왜 이렇게 짧아?'라는 부정적인 말을 동네 아주머니에게 들었을 때는 짜증이 날 수 있어. 하지만 나와 관계가 깊지 않기 때문에 쉽게 무시하게 되지. 하지만 내 남자친구가 그렇게 말 한다면 '내가 사랑하는 사람이 가부장적인 건가? 그러면 내 미래는? 지금이라도 뜯어 고쳐야 해! 아니면 난 계속 이 잔소리를 들을 거야. 어떻게 이 보수적인 사람을 말로 이겨서 미리 기선을 제압해 놓을까?'라는 생각이 줄줄 뒤를 따르고, 이윽고 공격적인 태도로 드러나게 돼. 이렇듯 많은 연인들이 연애를 하면서 서로의 개인적인 영역을 너무나 침범해, 그래서 말실수를 하지.

너무 많이 싸워서 지쳤니? 나도 최대 11시간을 싸워봤어. 그건 마치 이 지구상에 단 둘만 남은 지상 최대의 적을 마주하는 것과 같아. 살벌하지. 우리의 사나운 말들은, 청룡언월도 같은 크디큰 창으로 서로의 내장을 갈기갈기 찢어대는 것만 같았지. 아니 그 편이 차라리 나을지도 몰라. 죽지 않는다면 상처는 치료할 수 있잖아. 그치?

그런데, 너 솔직히 우리 싸움에 관심 있니?

없어. 왜냐면 난 너에게 제3자일 뿐이니까. 그런데 사실 너희 커플도 있잖아, 멀리 떨어져 보면 '객관적인 개인들'이야. 예컨대 제3자 아니 제10자 정도 되는 사람들이 보기에는 너와 네 남자친구는 하나의 '군중'일 뿐이지. 너 또한 지하철에서 싸우는 커플을 보면 그냥 인상을 찌푸리고 지나쳐 버리잖아. 같은 시각이야.

그런데 나는 이 '객관적 개인'이 주는 담백함을 좋아해. 깊게 신경 안 쓰는 거야. 나쁘게 생각하면 무관심한 태도일 수 있지만, 생각보다 나를 편안하게 해 주거든. 내가 모든 사람들의 일에 사사건건 감정적으로 깊게 관여한다는 건 지나친 감정낭비야.

'히어로즈'라는 미국드라마에서 모든 사람의 속마음을 읽을 수 있는 남자가 사람들의 온갖 감정들로 너무나 괴로워하는 장면이 생각나네. 다른 사람의 감정을 깊게 마주한다는 건 에너지 소모가 굉장한 일이야. 주인공은 자신의 부인의 속마음을 읽게 되자 감정적으로 굉장히 괴로워 하지. 겉으로는 "괜찮아요." 하면서 속으로는 "당신 또 그딴 결정을 내리고 있어." 라고 비난하고 있으니까. 그러니 어떻게 보면 '무시의 축복'이지. 예를 들어 어제 연락은 왜 안 했냐, 누구랑 있었냐며 감정적으로 나를 힘들게 하는 연인을 떠나 익명으로 가득한 외국에 홀로 여행할 때의 자유로운 기분이랄까? 그때의 나는 '이방인'이잖아. 너도 느껴 본 적 있을 거야.

[지나친 관심]과 [무관심]

이 둘을 적절하게 잘 배합한다면 실제 연애에서도 마음을 다스리는 좋은 방법을 하나 고안해 낼 수 있어. 바로 [이방인 기법]이야. 정말 쉬워. 지금부터 연습해 볼게.

하나만 기억해.

목표는 나쁜 감정을 딱! 한 스푼만 들어내는 거야.

남자친구가 내가 정말 싫어하는 옷 스타일로 입고 나와서, 데이트 할 기분이 안 난다고 생각해 보자. 음 막 밀리터리 바지에, 북한산 등산복 같은 스타일의 상의. 꼭 정해진 브랜드에 집착하는 모습도 보여. 솔직히 말해서 부끄러워. 나는 정말 예쁘게 하고 나왔는데 말이야. 거울에 비친 우리 모습이 어울리지도 않아. 기분이 순간적으로 무지 상해버려. 하지만 앞 장 [좋은 말/나쁜 말]에서 다룬 1번의 경우를 가져와 이방인 기법을 적용해 보면 다음과 같아.

[내 남자친구]인 네가 그렇게 촌스러운
티셔츠를 입고 다니는 게 싫어.
↓
[옆집 오빠]가 그렇게 촌스러운 티셔츠를 입고 다니는 게 싫어.

어때? 아래 문장만 한 번 더 읽어 보자. 그러면 이런 생각이 들 거야. '내가 왜 나와 상관도 없는 사람 티셔츠를 신경 쓰고 있지?'

그래. 바로 그거야. 이 방법을 쓰는 가장 좋은 타이밍은 순간적으로 상대방의 태도나 모습에 짜증이나 화가 났을 때야. 그때만큼은 내 사람이 아닌 사람이라 생각해 버리는 거지. 나의 상상력을 동원해서. 그러면 애초에 목표했던 '나쁜 감정 딱 한 스푼'을 버릴 수 있게 돼. 약간 우스워지기도 하지. 순간적으로 그 사람이 TV 속에 들어가 있고. 나는 편하게 누워서 구경하고 있는 것과 같아.

혹시 어제 남자친구의 생각이 이해가 안 가고, 사소한 것에 화가 났니? 그러면 이 방법을 한 번 써 보렴. 그러면 조금은 네 남자친구도 그저 옆집 오빠처럼 마음에 안 드는 부분이 있을 수도 있다는 걸, 완벽하지 않다는 걸 조금은 이해할 수 있을 거야. 그저 편한 옷이 좋은 거지. 너는 옷 스타일에 민감한데 말이야. 남자친구는 근본적으로 옷에 대한 가치관이 너와는 달라. 이것은 콩깍지를 걷어 내고 속살을 마주하는 것과 같아. 아무리 포장해도 어차피 서로의 가치관 충돌은 곧 겪게 될 문제야.

이제 조금은 한 걸음 떨어져서 네 감정을 덜어 낼 수 있겠어?
조금 더 구체적인 '이방인 주어'로 연습해 보자. 괄호안의 연인으로 된 주어를 이방인 주어로 바꿔 보는거야. 마음속으로 소리 내 바꿔 읽어보자.

1. 나는 [남자친구]가 말하는 '이성친구는 여자친구가 될 수 없다'는 생각을 이해할 수 없어.

→ 나는 [옆집 해병대 옷을 자주 입는 오빠가] :

2. 나는 [여자친구]가 쇼핑을 하루 종일 하고도 온라인 쇼핑에 빠져있는 걸 이해할 수 없어.
→ 나는 [옆집 옷가게 이모가] :

3. 나는 [남자친구]가 친구를 만나는 걸 나를 만나는 것보다 더 좋아하는 거 같아 서운해.
→ 나는 [여자친구가 있는 내 초등학교 동창 '남성'친구가]:

4. 나는 [여자친구]가 연락에 집착하는 이유를 모르겠어.
→ 나는 [외로움을 많이 타는 내 '여성'친구가]:

조금은 주어 속에 '이해할 거리'들을 섞어 보았어. 옷가게 이모가 쇼핑을 좋아하는 것에 대해서, 패션 일을 하니 개연성이 있을 수 있다고 생각한다면, 너는 옷가게 이모를 이해하는 거야. 그렇다면 네 여자친구가 왜 쇼핑을 하는지에 대한 개연성을 찾아보는 호기심을 길러보는 건 어때? 예를 들어 패션계에 관심이 있다든지, 모델이 되고 싶다든지, 아니면 쇼핑으로 스트레스를 푼다든지. 이게 바로 관심이거든. 이렇게 한 단계를 이해하면 두 단계 나아가서 대화가 돼.
고로 [이방인] 연습은 사실상 무관심의 개념이 아니라 그 사람을 객관적으로 이해할 수 있는 시각을 연습하는 거야. 중요한 건 네가 연습할 때는 가능한 한 '이해 가능한 주어'로 변경하는 것이 중요하단다. 연습을 충분히 했다면 이런 생각이 들 거야.

내가 관심도 없고 사랑하지도 않는 아는 오빠는 이해하면서,
왜 내 남자친구는 이해하려고 하지 않았을까?

우리는 '내 사람'에게 애정을 쏟아 부을 때, 너무 지나치게 다 부어버린 나머지 실수하게 돼. 가령 내가 준 애정에 보답해야 한다든지, 내가 애정을 주었으니 그만큼 권리가 생겼다고 느낀다든지. 적다보니 이것과 비슷한 뉘앙스지 않아? 애정을 '돈'이라는 단어로 바꿔버리면….

.

.

.

[거래]

이렇게 생각하니 참 슬프다.
사랑이 거래라니.
네가 그에게 하고 있던 사랑은 정말 '대가성 사랑'이 아니었을까?
사실은 한 번도 그 사람을 제대로 이해하려 한 적이 없는 것은

아니었을까?

있잖아,

구멍 난 양말 신고 다니는 거,
조금 마음에 안 들어도 그 속에 꼬물거리는 귀여운 발가락을 상
상하며
그 사람 자체를 사랑해 보려는 노력을 해 보는 건 어때?

[이방인]이 나를 위해 매일 바래다 주기까지 했는걸?
[이방인]이 나를 위해 연락하면서 걱정씩이나 해 주었는걸?
[이방인]이 나를 위해 설거지씩이나 해 주었는걸?
[이방인]이 나를 위해 밥을 사 주었는걸?
[이방인]이 나를 위해
[이방인]이 …….

너무 고맙지 않니?
자, 연습해 보자.
사랑하는 사람을 한 단계 더 이해하는 [이방인] 연습.

가치관으로 이상형 찾기
[섹스하기 좋은사람]

미소는 홀로 카페에 앉아 커피를 마시며 생각한다. 고단했던 금요일. 일을 마치고 잠시나마 여유롭게 나를 위해 생각할 수 있는 시간이다.

그간의 남자친구와의 일들을 떠올려보면 당황스럽고, 때론 충격적인 일의 연속이었다. 그에게서 뿜어져 나오는 분위기가 좋았다. 그의 앞에 서면 조금은 풀어져도 좋을 만큼의 안정감도 있었다. 그러나 그와의 잠자리는 내내 신경 쓰이는 대목이었다. 그가 몸을 터치하는 방식이 가끔은 무례하게 느껴졌기 때문이다.

지난 첫 관계에서 그는 계속 가슴을 애무하려 했는데, 미소는 사실 가슴에 별로 자신이 없다. 좀 작다고 생각하고, 유두 색깔이 좀 까맣기 때문에 예쁘다는 생각을 스스로 할 수가 없었다. 개인적으로는 피부가 하얗고 핑크빛인 유두를 남자들이 좋아한다고 생각하고 있었기 때문이다. 태어나 처음으로 관계를 가졌던 남자친구가 '나는 일단 여자가 B컵 이상인 게 좋고, 특히 핑크빛 유두가 그렇게 좋더라.'고 했다. 그럼 내 가슴이 싫은 거냐며 한바탕 싸움을 한 것도 그렇게 생각하게 된 큰 이유 중 하나다. 그런 나의 속사정을 알 리 없는 서달은 계속 가슴을 집중 애무했다. 그래서 관계 내내 불편하고, 그가 어떻게 생각할까 하는 생각 때문에 제대로 된 느낌을 느낄 수가 없었다.

그런 내 마음을 아는지 모르는지, 서달은 '좋았어?'라며 뭐라고 대답해야 할지도 모르는 질문을 하는 것이다. 그래서 '이 사람과 내가 섹스로 만족할 수 있을까? 과연 서달은 섹스하기 좋은 사람일까?'라는 의문이 들었다. 앗, 호랑이도 제 말하면 온다더니, 서달에게 전화가 온다.

서달: "미소야, 뭐해?"

미소: "응 나 혼자 커피숍에 앉아있어. 여기 아메리카노 맛있네."

서달: "그래? 미소야 근데 너 지금 강원도에 바다 보러 갈 생각 있어?"

미소: "응? 갑자기 무슨 소리야? 근데 나 바다 좋아하긴 해."

서달: "하하, 아니 그냥 이제 여름이 끝나 가잖아. 근데 바다를 한 번도 못 갔더라고! 근데 마침 오늘은 금요일이라 훌쩍 떠나고 싶다는 생각이 들었어. 갈수 있다면 지금 데리러 갈 게!"

미소: "어 나도 갑자기 떠나는 여행 정말 좋아하는데, 가자!"

뜻밖의 그의 제안에 조금 복잡했던 기분이 펑하고 사라져버렸다. 부웅- 달리는 차 안. 초록초록한 나뭇잎들이 눈을 가득 채우고, 산뜻한 바람에 머리도 가벼워지는 기분이다. 언뜻 풍겨오는 서달의 향기가 벌써 바다에 도착한 듯 푸르다. 여행 취향이 통하다니, 여자 마음을 모르는 사람으로만 봤던 서달을 다시 생각하게 되는 미소다. 함께 하게 되면 이렇듯 갑자기 여행도 함께 떠날 수 있는 사이가 될 것 같다는 생각이 들어 괜히 들뜬다. 하지만 여행에는 반드시 밤이 찾아오기 마련. 여기까지 생각이 미치자, 또 다시 서달과의 지난 경험이 흐린 구름처럼 떠오르며 생각에 잠긴다. 미소는 넌지시 속내를 털어내 보이기로 결심한다.

미소: "서달 씨 사실 내가 하고 싶은 말이 있어."

서달: "응 뭔데?"

미소: "사실 우리가 처음 관계한 날 있잖아, 나 조금 기분이 좋지가 않았어."

서달: "왜? 혹시 내가 많이 별로였어?"

미소: "아니 그런 게 아니야. 나 사실 가슴에 콤플렉스가 있거든. 내 가슴이 그렇게 크다고 생각한 적도 없고, 특히 내 꼭지 부분이 좀 까맣잖아. 그래서 좀 부끄러워. 솔직히 잠자리가 좋다 안 좋다 생각하기 전에 그런 부분이 먼저 신경 쓰였던 거 같아. 그래서 네가 관계 후에 좋냐고 바로 물었을 때 네가 내 감정을 전혀 읽지 못했다는 서운함이 들었어."

서달: "……. 일단 네가 기분이 안 좋았다니까 사과할게 미안해. 그런데 미소야."

미소: "응?"

서달: "네가 듣기 좋으라고 하는 말이 아니라, 정말 솔직히 난 네 가슴이 좋아. 예뻐. 너무 큰 가슴은 좀 뭐랄까 내 기준에 둔해 보인다는 생각도 들거든."

미소: "뭐라구? 정말이야? 일반적인 남자들은 큰 가슴을 다 좋아하는 거 아니야?"

서달: "아니 내 친구들만 봐도, 마른여자들에게 성적으로 더 끌린다는 친구들도 있어. 그리고 그 꼭지 말인데, 나는 내 피부가 좀 까무잡잡해서 그런지,

핑크빛에 대한 환상보다는, 까무잡잡한 피부가 더 탄력 있어 보여서 네가 너무 섹시해 보였어."

미소: "정말? 믿기 힘든걸?"

서달: "네가 안 믿어도 좋아, 그러면 내가 네가 믿을 때까지 예쁘다고 해 줄게."

미소: "하하하, 너 되게 재밌는 애구나? 그러면 하나 더 이야기해도 돼?"

서달: "응, 뭔데?"

미소: "응 우리 처음 관계한 날 그 냄새 부분 있잖아. 네가 너무 직설적으로 말해서 나 진짜 수치심까지 느꼈어. 울고 싶었어. 그리고 솔직히 말해서 너도 그 부분에서 엄청나게 좋은 향기가 나진 않았거든."

서달: "헛 정말? 아, 미안해 나도 그때 순간적으로 흠칫 놀라다보니 당황해서 말이 막 나왔던 거 같아, 내가 보기보다 되게 직설적이고 즉흥적이거든."

미소: "응 오늘 느끼고 있어. 난 그런 솔직한 성격을 좋아하긴 해. 하지만 조금만 더 상대방의 입장에 서서 서로가 당황할 수 있는 말은 돌려서 좋게 말해 줬으면 좋겠어."

서달: "듣고 보니 그래야겠다는 생각이 든다. 다시 한 번 미안해. 너 많이 기분 상했겠다."

미소: "괜찮아. 이제 뭔가 좀 체한 게 내려가는 기분이야. 우와! 저기 바다가 보여!"

서달: "어! 우와-!"

푸른빛 바다가 두 팔 벌려 그들을 환영하고 있다. 지금 이 순간 미소는 육체의 관계를 초월한 흥분을 느끼고 있었다. 심장 가득 피가 몰리는 느낌이랄까.

이 관계를 오래 유지해 갈 튼튼한 엔진이 장착된 느낌이다. 그에 대한 사랑의 감정이 언제 시작되었냐고 묻는다면 바로 이 순간이 아닐까. 나의 손 위로 포개 잡은 그의 손에서 말 없는 미안함이 읽힌다. 나는 그에게 사랑을 담아 답신을 보낸다.

차창을 비집고 기세 좋게 안으로 들어온 바람이 부서지며 이마를 훑었다. 아득한 호흡이 절로 나왔다. 두 사람의 몸은 차와 함께 미세하게 떨리고 있었다. 그와의 시간은 둘만의 감정으로 차곡차곡 채워지고 있었다.

좋은 사람이란 무엇일까? 누구에게나 좋은 사람이라는 것이 존재할까? 나에게 좋은 사람이 다른 사람에게도 항상 좋은 것일까?

그렇지 않다는 것을 조금만 생각해 보면 알 수 있다. 그러나 '좋은 사람'은 분명 존재한다. 그 앞에 '나에게'라는 말을 붙이면 말이다. 이 세상에서 나와 가장 잘 맞고 좋은 사람은 찾을 수 있다.

그렇다면 어떤 사람이 나에게 가장 좋은 사람일까?

나와 가장 비슷한 사람

일 확률이 높다. 물론 정반대인 사람에게 끌리는 사람도 있다. 그러나 사회심리학자들의 "유유상종 가설(matching hypothesis)"을 보면 배우자를 선택하는 상황이라면 '비슷한 사람'에게 더 끌린다고 한다. 연구에 따르면 남편과 아내들의 태도를 살펴본 결과 상당히 많은 부분에서 공통적인 유사성을 확인할 수 있었다. 신체 건강, 가족 배경, 나이, 민족, 종교, 교육 수준뿐만 아니라 정절, 전쟁, 정치에서도 견해가 비슷했다.

사람이 자신과 비슷한 사람을 선택하는 이유는 다음과 같다.

첫째는 거절당하는 게 두렵기 때문이다. 나보다 훨씬 잘난 사람을 선택하면 거절당할 확률이 높다고 생각하기 때문이다. 이러한 선입견은 관계에 대한 부정적 인식을 강화시킨다.

둘째는 비용과 시간이다. 자신보다 훨씬 더 매력적인 사람을 얻기 위해서는 그만큼 비용이 많이 들고, 경쟁자들을 끊임없이 감시해야 한다.

셋째는 자신의 가치관을 인정받을 수 있기 때문이다. 사고방식이 비슷한 사람은 내가 믿고 있는 가치 기준을 확인하고 지지해준다. 자신과 가치관이 비슷하면 우리는 '정서적 안정'을 느낀다. 크게 대립할 일이 없으니 원만한 관계를 유지할 수 있을 것이라 보는 것이다. 이는 관계를 장기간에 걸쳐서 성공적으로 끌어갈 수 있는 원동력을 제공해준다.[3]

그렇다면 그 '가치관'이라는 것은 우리가 흔히 말하는 '성격'과 비슷한 것일까? 단어가 추상적이어서 피부에 와 닿지 않는 부분이 있을 수 있다. 이는 개인 안에 숨겨 놓은 소중한 자신만의 보물이며 태어나 지금까지의 모든 경험의 집약체이다. 그대라는 연인을 만나기 이전부터 있어 온 나만의 기준이다. 아마 많은 사람들이 헛갈려

---

3. 신디 메스턴, 데이비드 버스, 『여자가 섹스를 하는 237가지 이유』, 사이언스북스, 2010.

하는 부분일 것이다. 이에 대해서 그 기준을 제시해 보고자 한다.

다음 그림을 보자.

비트켄슈타인(Ludwig Wittgenstein), 오리-토끼

당신을 이 그림이 무엇처럼 보이는가? 나는 토끼처럼 보인다. 하지만 제목이 "오리-토끼"이니, 오리도 숨어 있는 것 같다. 좀 노력해서 보니 그제야 오리가 보인다. 그러나 내 눈에 토끼가 먼저 보이는 것은 어쩔 수 없다.

가치관과 성격을 오리-토끼 그림을 통해 정의해 보자.

가치관: 우리는 현재 다른 해석 가능성을 지닌 신비로운 오리-토끼 그림을 보고 있다.

성격1: 오리로 보인다.
성격2: 토끼로 보인다.

그렇다면 가치관과 성격은 무엇인가

가치관: 변하기 힘든 사실, 삶 전반에 걸쳐 오랜 기간 형성되어온 나를 구성하는 대들보, 취향

예: 결혼은 필요하다 vs 아니다

    아기는 반드시 가져야 한다 vs 아니다

    여행은 필요하다 vs 아니다

    등

성격: 교육이나 환경에 의해 변할 가능성이 높은 구체적 반응

예: 가치관이 '여행은 필요하다'라면

    성격은

    1) 즉흥적인 여행 스타일

    2) 계획적인 여행 스타일

대립관계

가치관 대립: 여행은 필요하다 vs 여행은 돈 낭비다

결과: 여행 자체가 불가능할 가능성이 큼

성격 대립: 즉흥적인 여행 스타일 vs 계획적인 여행 스타일

결과: 서로의 성격에 불만이 생길 수 있음. 결과적으로 여행은 가능

대립사례

미혼인 나는 반드시 결혼이 필요하다고 생각하지 않는다. 그리고 당연히 아이를 가지는 일 또한 생각해 본 적이 없다. 그러나 남자친구는 결혼을 하지 않는 일은 있을 수 없으며 아이를 너무 좋아해 가지고 싶어 한다.

우리가 만난 지 3년. 그가 프러포즈를 했다. 그러나 나는 아직도 결혼에 대한 확신이 없다. 그러나 그는 이제 때가 됐다면서 밀어 붙인다. 특히 성관계를 할 때는 콘돔 착용을 거부한다.

"어차피 우리 아기가 생기면 내가 책임질 건데 뭐."

"섹스 할 때마다 너무 불안해. 차라리 내가 피임약을 복용해야겠어."

"너 절대 그러지마. 우리 어차피 결혼할 사이잖아."

여기서 충돌하고 있는 가치관은 어떤 것이 있는지 찾아보자.

가치관 1. 결혼은 반드시 해야 하는 것이다 vs 아니다

가치관 2. 아이를 반드시 가지고 싶다 vs 꼭 가지지 않아도 된다

가치관 3. 성관계 시 피임은 남자가 해야 한다 vs 여자가 해야 한다

가치관 4. 혼전 임신은 괜찮다 vs 아니다

가치관이 여러 개가 충돌하는 상황은 살얼음판과도 같이 위태롭다. 여기에는 정답도 오답도 없다. 그저 나와 다른 가치관을 가진 사람과의 대립만이 존재할 뿐이다. 특히나 결혼, 임신, 피임과 같이 인생의 중대한 문제와 결부된 가치관이 다를 때는 결국 헤어지는 경우가 많다.

그렇다면 나와 가장 잘 맞는 좋은 사람은 어떤 사람일까.

1. 가치관이 비슷하나 성격이 다른 사람

'여행은 필요하다'는 가치관을 가지고 있으면서 계획적으로 여행 동선을 짜는 것을 좋아하는 남성과, '여행은 필요하다'는 가치관을 가지고 있으면서 즉흥적으로 떠나는 것을 좋아하는 여성이 있다고 생각해 보자. 이 과정에서 서로의 다름을 인정하고 맞출 수 있는 방법은 어떤 것이 있을까?

여자는 남자가 계획을 짤 수 있도록 미리 알려주어 배려해

준다. 한편, 남자는 여행지에서 놀랄 만한 장소를 미리 계획했더라도 즉흥적이고 예상치 못한 상황에 기뻐하는 그녀를 위해 자신의 계획에 블라인드를 칠 줄도 알아야 한다.

2. 가치관은 다르지만 성격이 비슷한 사람

'여행은 필요하다'는 가치관을 가지고 있으면서 계획적인 여행을 좋아하는 남성이 있다. 한편 '여행은 돈 낭비며, 불필요하다'는 가치관을 가졌지만, 일상을 계획적으로 사는 여성이 있다고 생각해 보자.

여자는 남자가 여행을 매우 좋아하기 때문에, 그에게 맞춰준다는 생각으로 싫어도 억지로 따라가는 상황이 될 것이다. 마음의 문이 닫혀 있기 때문에 여행을 가서도 딱히 즐겁지 않다. 그저 피곤하기만 할 뿐이고, 쓸데없는 곳에 돈을 쓰고 있으니 통장 잔고가 걱정이 된다. 계획을 변경해야 하는 것이 피곤하기만 하다.

반대로 남자는 여자가 여행을 싫어하기 때문에, 여행이라는 단어를 꺼내는 것조차 조심스럽게 된다. 그녀가 혹시나 내가 좋아하는 여행을 가치가 없다고 비하하면 괜히 상처받을 것만 같다. 왜 그녀는 여행이 주는 기쁨을 모를까? 결국 이 둘은 여행을 자주 가지 않게 된다.

어떻게든 '여행'이라는 목적을 함께 달성한 1번 커플과, '여행' 자체 때문에 싸우는 2번 커플은 다르다. 2번 커플의 경우 장기적인 연애를 하면서 서로 점점 외로워질 것이다. 여행 문제로 다툴수록 남녀 모두 여행을 가면 가는 대로, 못 가면 못 가는 대로 스트레스를 받을 것이기 때문이다.

3. 가치관 및 성격이 모두 비슷한 사람

서달과 미소처럼 가장 이상적인 여행이 될 것이다.

결론

3번, 자신이 가장 중요하게 여기는 가치관에 동의하며, 비슷한 성격을 가진 사람이 가장 잘 맞는 사람이다. 다만 1번, 성격이 다르더라도 같은 가치관을 가지고 있는지를 파악해 보자. 2번의 경우 다툼의 여지가 많으므로 연인으로 추천하지 않는다.

가치관이나 성격이 달라 문제가 생겼을 때는 상위 인지(meta-cognition)로 파악이 가능하다. 상위 인지란 생각 위의 생각으로 한 걸음 뒤로 물러서서 나의 생각을 파악하는 것이다. 예를 들어 '우리는 서로 같은 그림을 보고 있지만, 다른 방법을 취할 뿐이구나.'라는 인식을 통해 서로를 이해할 수 있다.

이제 섹스의 문제로 넘어가 보자.

가치관: 구강성교는 더럽다.

이러한 가치관을 가진 여성 혹은 남성을 만난 적이 있는가? 남성의 80%는 구강성교를 좋아하는 반면 여성의 50%는 구강성교를 하지 않는다고 한다. 여자들이 꺼리는 경우가 많은 것이다.[4]

섹스에 대한 가치관, 성격의 차이로 어떤 일이 발생할 수 있을까.

1. 가치관이 다르고 성격이 같은 경우.

성추행을 당한 경험 때문에, 구강성교에 트라우마가 생긴 그녀. 성기만 보면 무섭고 끔찍한 기억이 떠오른다. 성관계는 이불을 덮어 쓴 채 성기를 보이지 않게 한 다음에야 가능하다. 그러나 이 커플은 문제가 있으면 이성적인 분석을 통해 해결하는 성격을 가져서 트라우마의 근본 원인을 파악해 보고 치유해 보려고 한다. 시도는 좋지만 생각보다 바꾸기 어려운 그녀의 트라우마는 저항이 매우 강해서 섹스 자체의 몰입도를 떨어트린다. 구강성교가 섹스의 꽃이라 생각하는 그는 언제까지 이런 상태로 그녀의 변화를 기다릴 수 있을지 답답하기만 하다.

---

4. 박혜성, 『우리가 잘 몰랐던 사랑의 기술』, 경향신문사, 2008.

2. 가치관이 같고 성격이 다른 경우.

구강성교 경험은 없지만 호의적인 그녀와 그. 그들은 함께 구강성교를 시도해 보기로 한다. 오히려 적극적인 그녀가 부끄러워하는 남자친구를 리드했다. 처음에는 치아에 성기가 닿아 소리를 지르기도 하던 그였지만, 그녀의 이런 적극적인 노력이 싫지만은 않다. 그들은 앞으로도 즐거운 구강성교를 해 나갈 것이다.

그러면 나는 '섹스하기 좋은 사람'을 어떻게 찾아야 할까? 내가 제시하는 해답은 다음과 같다.

대화와 경험 안에서 가치관을 발견하라
그리고 나와 가장 비슷한 가치관을 가진 사람을 선택하라
더해서 성격이 비슷하면 더 편하게 즐길 수 있다.

가장 바람직한 것은 가치관과 성격이 모두 같은 사람이다. 하지만 그런 사람은 존재하기 힘들다. 사소한 부분에서라도 성격은 다를 수 있기 때문이다. 그렇다면 우리는 어떻게 맞춰 갈 수 있을까.

나는 긍정적인 리드를 하는 사람을 '(섹스의) 조력자'라고 부른다. 누구나 조력자가 될 수 있다. 매 순간 조력자가 바뀌기도 한다.

당신은 지금 상대방에게 어떤 부분에서 '조력'을 하고 있는가? 생각해 보자. 내가 하는 조력이 상대방에게 적절한지, 부정적으로 리드하고 있지는 않은지 되돌아보자.

당신이 긍정적인 태도로 상대방에게 영향을 준다면, 두 사람의 관계는 더욱더 신뢰가 생기고 깊어질 것이다. 결국 섹스하기 좋은 사람도 내 태도가 만들어 가는 것이다.

앞서 살펴본 예시와 같이 구강성교가 나쁘다고 생각하지 않지만(가치관), 구강성교를 받아들이기 힘들어하는 경우(성격)라면 상대를 배려한 리드를 통해 구강성교의 즐거움을 알게 해 줄 수 있다. 누구나 낯선 경험에 대해서는 두려움을 느낀다. 서서히 충격을 완화해가면서 자연스럽게 받아들일 수 있도록 배려하는 것이 중요하다. 나아가 자신의 경험을 상대방과 나누면서 생각의 교감을 일으키는 과정이 필요하다. 그렇게 되면 기존 가치관의 긍정적인 강화에 도움이 된다.

반대로 강제로 요구하거나, 부정적인 방향으로 리드한다면 상대방의 구강성교에 대한 가치관 자체가 부정적으로 바뀌어 버릴 수 있다.

마지막으로 당신이 현재 가치관이 다른 사람을 만나 서로 괴로운 상태라면, 그 관계를 다시 생각해 보는 것도 나쁘지 않다고 생각한다. 많은 부부들이 '성격 차'로 이혼을 하지만, 사실은 '성(性)격차'라는 말이 있다. 둘 다 맞는 말이다. 일반 생활에서의 가치관을 넘어 특히 성에서의 가치관이 다르면 서로 맞추기까지 매우 오랜 시간을 투자해야 할 것이다. 서로 너무 다르다 보니 서로 틀렸다고 느끼기 때문이다.

관계를 다시 생각해 보라는 것은, 당장 관계를 끝내라는 말이 아니다. 그 사람이 최소 몇 달 아니 몇 년부터 수십 년의 시간을 투자하여 바꿀 만큼 나에게 가치 있는 존재인가를 생각해 보라는 것이다. 한 사람의 가치관을 바꾼다는 것은 어쩌면 불가능할 수도 있는 도박이다. 당신의 연인은 그럴 가치가 있는 사람인가? 단 하루라도 당신의 수명을 걸어야 하는 문제이니 신중하면 좋겠다.

그렇다면 가치관을 통합할 수 있는 방법은 정말 없는 것일까? 해답은 양보와 배려뿐이다. 그가 가진 가치관을 파악하고 있다면, 그가 싫어하는 행동은 하지 않도록 내 자신을 제어하는 것. 그가 좋아하는 행동이 있다면 내가 싫어도 노력하는 것이다. 사실 이것은 성격을 맞추는 과정과 똑같다. 하지만 이 과정에서 오는 고통의 강도가 다르다. 고통 강도 100%를 기준으로 성격이 50% 노력이라 한다면 이것은 200%의 노력이다. 온 신경을 다해 집중하고 노력해야 한다.

이처럼 서로 다른 가치관을 가졌음을 인정하고 받아들이기에는, 가치관이라는 벽은 생각보다 거대하고 높다. 나와 대립해 온 수많은 사람들을 생각해 보라. 가깝게는 부모님부터, 사이가 틀어진 친구, 과거 다툼으로 헤어진 연인들. 그대가 틀린 것이 아니다. 서로 다른 가치관을 가졌을 뿐이다. 같은 행성이 아닌 머나먼 별에 사는 것과 같다. 소통하려면 먼 길을 가야 할 것이다. 이해하고 대화하라는 지극히 당연한 이야기는, 너무 멀리 사는 사람들에게는 통하지 않을 수도 있지 않을까?

당신은 혹시 운명처럼 같은 별에 살고 있는 당신만의 '그대'를 찾았는가? 이 세상에는 생각보다 가치관과 성격이 모두 잘 맞는 사람이 드물다. 그의 손을 꼭 잡으라. 그리고 그가 '좋은 사람'임을 확신했다면 의심하지 말고 행복하게 섹스하라. 의심은, 상대방을 다 안다고 믿고 있는 자신을 의심하길 바란다.

● ● ●

나와 같은 별에 사는

아름다운 그대여.

가끔 그대가 다른 행성으로 여행을 떠나는 것을 본다오

어쩌겠소, 그게 당신 행복인 것을.

하지만 대부분의 시간은 그대와 함께 있다는 것에

감사하오.

아- 나는 그대의 무엇을 아는 것인가?

어제는 꽃이 좋아 꽃을 꺾겠다던 그대가

오늘은 꽃이 좋아 꽃을 심겠다는데

3

섹스,
왜 하는 걸까

섹스의 목적,
힐링

미소와 남자는 가슴이 탁 트이는 바닷가 카페테라스에 앉았다. 바라만 보아도 기분 좋은 바다와 편안함. 이 둘은 말없이 바다를 바라보고 있다. 두 손에는 따스한 커피가 쥐어져 있다.

미소: '나는 왜 만난 지 얼마 안 돼 섹스를 했을까? 처음엔 그저 그를 좀 더 알고 싶었던 거 같아. 그의 외적 이미지가 좋았어. 솔직히 침대에서는 어떨지 궁금하기도 했고. 그런데 침대에서 어색하게 리드하는 것도 그렇고 끝나고 나서 내뱉던 말들은 실망스러웠어. 여행은 괜찮지만 오늘 밤 잠자리에서 또 어색한 대화를 하게 되는 건 아닌지 걱정 돼. 이대로 가다간 내가 서달 씨를 싫어하게 될 이유가 생길 거 같아. 하지만 좋은 사람이라는 건 알아. 관계를 유지하는데 섹스가 전부는 아니잖아? 내가 좀 더 좋은 방향으로 리드하고 싶은데…'

서달: '나는 왜 미소와 섹스를 했을까? 사실 마음이 급했어. 섹스의 목적이 그저 육체적인 만족이라고 생각했던 거 같아. 하지만 문제는 나의 대화 방식에

있었어. 그녀의 불만을 듣고 나서 섹스를 대하는 여자의 마음을 조금은 이해할 수 있었어. 왜 그녀를 제대로 이해하려 하지 않았을까. 미소의 솔직한 면을 보면 우리는 말이 통할 것 같아. 그녀가 참 좋은데, 나와 여행 취향도 비슷하고. 하지만 내 실수들이 마음에 걸려. 우리는 어떻게 하면 더 나아질 수 있을까?'

이 두 사람은 왜 관계를 해야 했는지 잘 모르고 있다. 충동적 호기심이 그들의 섹스를 부추기고 있는 것처럼 보인다. 진정한 섹스의 목적은 무엇일까. 육체적인 관계보다 더 중요한 목적은 없을까.

섹스란 그 사람의 몸을 날 것 그대로 안아 주는 것이며, 가장 심장 가까이 닿는 행위이다. 몸이 가까워지는 만큼 마음도 가까워지는 섹스는 어떨까. '외로운 나, 트라우마' 편에서 언급한 것처럼 미소와 남자는 각자의 내면에 고민을 안고 있다. 이때 진정한 섹스란 서로의 아픔을 있는 그대로 말없이 안아 주는 아름다운 포옹이 될 것이다.

첫 번째로 이야기하고 싶은 섹스의 목적은 '힐링'이다. 이는 '치료'로서의 섹스를 추구하는 것을 말한다. 이 개념 안에서는 섹스와 일상생활이 별개가 아니다. 따라서 섹스가 가진 치료의 힘을 경험하는 순간, 관계는 더욱 더 깊어질 것이고 섹스는 아름다워질 것이다. 나아가서 전체 인생을 더 윤택하게 만들어 줄 것이라고 확신한다.

이를 뒷받침하기 위해 앞서 2장의 내용들을 다시금 떠올리며, 올바른 관계를 바탕으로 치료로서의 섹스란 무엇인지 생각해 보자.

1. 다시 2장으로, '만나서는 안 될 블랙리스트'

- '블랙리스트'에서는 만나서는 안 될 인연에 대해 이야기했다. 첫 번째 섹스의 목적인 '힐링'에서 만나서는 안 될 인연은 어떻게 다루어야 할까. 힐링은 치유를 말하고, 관계에서의 치유는 때로는 걷어냄이 필요하다. 서로 지치게 하고, 괴롭히며 함께 있으면 언제나 눈물바다가 되는 그런 관계. 이 같은 관계를 걷어냄으로써 지친 섹스를 멈춘다. 부정적인 것을 없애고 치유로 이어지게 한다.

사례

평소에 나에게 너무나 잘해 주지만, 술이 얼큰하게 취한 날에는 나에게 거친 말을 쏟아내며 손찌검을 하는 폭력적인 남자. 다 내가 잘못해서란다. 내가 이기적이어서란다. 생각나지도 않는 몇 달 전, 몇 년 전 이야기까지 들춰낸다.

술에 취한 그와 잠자리를 하게 되는 날도 더러 있었다. 자기는 술 먹으면 강한 것이 좋다며 거칠게 당하는 것을 좋아하는 여자가 있다고 들었단다. 그럴 수도 있겠지. 하지만 나는 분명히 그런 여자가 아니라고 말했다. 그러나 나의 취향은 고려하지 않고 그는 마치 무뢰한처럼 나를 덮치고 함부로 다룬다. 흥분하지 않은 상태에서 내 몸은 편안하지 않다. 애액이 나올 리 만무하다. 그의 강제적인 삽입을 받아내고 나면 아래가 욱씬욱씬 아프다. 질 안에 상처가

났는지, 속옷에 빨갛게 피가 묻어 나온다. 그는 코를 드르렁 드르렁 골며 침대에 뻗어 자고 있다. 내일이면 또 미안하다고 하겠지. 그가 다음날 다시 자상해지는 모습을 상상하니 갑자기 섬뜩해진다. 거울 속의 내 모습이 왠지 정말 강간당한 여자 같다는 느낌마저 든다. 이대로 관계를 계속 지속해야 할까?

- 그가 없으면 죽을 것 같고, 내 인생이 송두리째 날아가 버릴 것 같은 기분이 드는가? 만약 그 정도로 그를 생각하고 있지 않다면 당신의 몸을 위해서라도 관계를 정리하여 '힐링' 하길 바란다.

이런 관계는 너무 익숙한 헌 옷 같아서, 입고 있을 때는 그것이 편한 줄 알아 버릴 수 없을 것만 같다. 하지만 어느 날 마음을 먹고 옷을 휴지통에 탁 버리는 순간, 필요 없었던 옷이었다는 것을 깨닫게 된다. 없어도 살 수 있다. 오히려 방이 더 깔끔해 진다. 이것을 깨닫는 순간, 소중한 나를 위해 나를 더욱 더 빛나게 해 줄 예쁜 옷을 고를 준비가 된 것이다. 나쁜 관계를 제거함으로써 힐링을 하게 되는 좋은 예이다.

괴로움을 걷어내라. 더 좋은 인연이 분명히 당신을 기다린다고 믿고 더 자신을 보살피길 바란다. 당신의 지친 몸을 다독이고, 상쾌하게 만들 수 있도록 가벼운 산책이나 여행을 떠나보자.

2. 다시 2장으로 '외로운 나, 트라우마'

트라우마는 마치 밝은 날의 그림자처럼 우리를 따라다닌다. 내가 아무렇지 않은 척 웃고 있을 때도, 뒤에서 나를 조롱하고 있다. 다 안다는 듯이.

그러나 인간은 완벽한 존재가 아니다. 누구나 트라우마를 가질 수 있다. 서달이 아버지에 대한 트라우마가 있었고 미소는 '미' 또는 외모에 대한 강박이 있었던 것처럼. 당신의 트라우마는 무엇인가. 남에게 말하기 힘든 트라우마를 나와 가장 가까운 연인에게 털어놓을 수 있는가. 아니 내 연인이 그런 사람인지 생각해 보기 전에 내가 상대방의 트라우마를 그저 편하게 해줄 수 있는 사람인지 되돌아보자.

사례

나도 트라우마가 있었다. 바로 종아리에 대한 트라우마이다. 어린 시절 잘 보이고 싶던 오빠 때문에 레이스 양말을 샀다. 하지만 나는 육상을 했고 다리는 선명하게 각진 근육으로 가득차 있었다. 레이스 양말은 내가 신으니 쭉- 하고 늘어나 해바라기처럼 사방으로 뻗쳤다. 오빠는 그런 내 다리를 보고선 축구선수 같다는 소릴 했다. 나는 그 순간 땅으로 꺼져 버리고 싶었다. 그때의 절망감이란. 남들이 다 입는 치마 한 번 제대로 입지 못했다.

그날 이후로 다리를 보여주는 게 너무 부끄러운 나머지 교복치마 대신 체육복을 입고 다녀 선생님께 혼나기도 했다. 그래서 고등학교를 졸업하자마자 성형외과에서 종아리신경차단술을 해버렸다. 몇 개월간 제대로 걷지도 못하고 종아리 보호대를 차고 다녀야 했다. 그러나 예뻐질 다리를 생각하며 견뎠다. 나이가 들면 다리에 부작용이 올지도 모른다는 정보도 들었지만 그냥 해 버렸다. 트라우마를 극복하는 게 더 중요하다고 합리화하면서. 현재는 다리에 근육이 갑자기 뭉치는 등 이상 신호가 오고 있다.

게다가 다리에 털은 왜 이렇게 많은 건지. 어느 날 물놀이 갔는데 친한 동생이 하는 말이 "누나 다리 털이 왜 이렇게 많아요, 연가시예요?" 그때는 그래 될 대로 되라 하는 심정으로 넘어갔지만, 너무 스트레스를 받았다. 길어도 너무나 긴 나의 털. 또 병원에 가서 레이저로 제모해 버렸다. 다리에 쓰는 돈만 몇 백만 원이라니. 이 돈으로 배우고 싶었던 음악을 배웠으면 얼마나 좋았을까?

누구나 트라우마를 안고 산다. 그렇게 생각하고 늘 내 선택에 대해 후회하지 않으려 애쓰며 살았다. 그러나 어쩔 수 없이 밀려오는 공허가 있다. 한 번의 수술은 연쇄적인 수술로 이어졌다. 나는 나를 조금씩 바꿔갈 때마다 같은 질문을 반복한다.

'나를 있는 그대로 사랑해주는 사람을 만났더라면
지금의 나와는 다른 나였을까.'

세월이 한참 지나 몸도 마음도 성숙한 나이가 되었다. 그때 나의 온몸을 사랑해 주는 사람을 만났고 드디어 내 몸과 마음이 함께 열리는 것을 느꼈다. 그는 못생긴 다리를 어루만지고 입을 맞추며 사랑해주었다. 그의 몸짓에는 마음이 느껴졌다. 힐링이란 게 이런 것이구나, 하는 깨달음을 그 순간 그를 통해 경험했다. 우리는 서로가 미워해 온 각자의 신체 부위를 어루만지며 사랑해주었다. 그때의 감정은 섹스와는 비교할 수 없을 정도로 꽉 채워진 감정이었다.

그와의 잠자리는 마치 그가 온몸으로 나를 받아 주는 것 같았다. 함께 있으면 편안했다. 못난 부분을 쓰다듬는 손끝에 몸이 반응하며 그를 맞이하고픈 강한 충동에 이끌렸다. 자연스럽게 몸이 열리면서 미세한 세포 하나하나가 깨어나는 기분이 들었다.

3. 다시 2장으로 '좋은 말 / 나쁜 말'

섹스를 괴롭게 하는 것은 해서는 안 될 말들이다. 옷은 왜 그렇게 촌스럽게 입었는지, 왜 이렇게 지저분한지, 호텔 길은 왜 못 찾는지 등 해서는 안 될 말들을 늘어놓으면 어떻게 될까. 그러나 '좋은 말'이 어떤 것인지 조금은 이해했다면 당신이 먼저 파트너와의 대화를 긍정적인 방향으로 주도해 보자. 보다 더 애정으로 충만한 섹스로 서로를 힐링할 수 있을 것이다.

나는 여자친구와 있으면 기가 죽는다. 패션에 둔감한 나와 반대인 그녀는 언제나 나의 복장을 지적한다. 어떤 날은 학교주임 선생님과 데이트를 하는 기분이 들 때도 있다. 나는 신경을 쓴다고 쓰지만 그녀의 눈에는 성에도 안 차는 모양. 내 옷차림새 때문에 그녀가 나를 부끄러워 한다는 기분이 들어 자꾸 등굣길의 학생처럼 눈치를 보게 된다. 그러다 보니 스킨십을 할 때도 소극적이게 되는데, 그녀는 이런 내 모습도 마음에 들지 않는 모양이다. 어쩌다 잠자리로 이어져도 예쁜 속옷을 잘 갖춰 입은 그녀를 보면 기분이 좋지만, 흥분하기는 쉽지 않다. 나의 트렁크 팬티를 가지고 아저씨 같다며 불만을 터뜨리는 그녀 때문이다. 아- 영원히 나는 그녀의 칭찬을 받을 수 없을 것만 같다. 그녀가 만들어 놓은 이상형이 내가 아니라서 슬프다.

(중략)

어느 날 갑자기 그녀가 달라졌다. 만날 때 옷을 위아래로 훑어보며 항상 얼음 같았던 그녀가 나를 보면서 화사하게 웃는다. 어떤 일이 생긴 것일까? 감명 깊은 책이라도 읽은 것일까? 그녀가 귀엽게 웃으며 말한다. "깜짝 선물이 있어." 나에게 선물을? 열어보니 예쁜 사각팬티와 편지다.

자기야 그동안 미안했어.

내가 너무 지적만 한 거 같아.

사실 자기만큼 착하고 나를 사랑해 주는 사람 없다는 걸 알면서도
너무 편안한 마음에 못되게 대한 거 같아.

내 진심은 그게 아니었다는 걸 표현하고 싶었어.

너무 많은 것을 강요해서 미안해.

그래서 말인데, 내가 조금씩 도와줄게. 자기도 나한테 조금 맞춰
줄래?

내가 선물한 이 팬티를 오늘 밤에 입어줘

사랑해

....

이들의 밤은 무척 뜨거웠으리라 짐작한다. 늘 자신감 없었던 그
의 분신도 이날 밤 팽팽하게 부풀어 신나게 뛰어 놀았을 것이다.

나는 아무것도 아니라고 생각하고 지적하는 말들로, 상대방은
과하게 스트레스를 받을 수 있다. 특히 상대방에게 직설적으로 말
하지 못하고, 속으로 삭히는 성격의 남자친구들은 더 그럴 것이다.

여러 가지 방법들이 있겠지만 사례2의 여자처럼 작은 선물로 그
동안의 불편함을 극복하려 시도해보면 좋을 것이다. 무엇보다 중
요한 것은 '말'이다. 내가 그 말을 듣는 사람이라 생각해보면 더 좋
다. 특히 주의할 점은 상대방을 조종하려 하지 말자. 그는 나의 사
랑을 나누는 세상 유일무이한 존재이지, 내가 마음대로 가지고 노
는 인형이 아니기 때문이다.

4. 다시 2장으로 '이방인 연습하기'

'내 사람'이라는 말은 굉장히 달콤하지만, 그 말로 인해 상대방에게 과하게 의미를 부여하는 경우가 있다. 내 사람이 나에게 어떻게 이러지? 내 사람이 나에게 왜 무관심하지? 내 사람이 나에게…. 내 사람이 나에게….

하지만 우리는 이방인 연습을 통해 사랑하는 사람일지라도, 때로는 타인화 하는 연습을 해 보았다. 그러면 그가 하는 잘못이나 서운하게 만드는 행동을 이해할 수 있게 된다. 나아가서는 그간 다름을 인정하지 않았던 자신의 인식의 한계를 확장할 수도 있게 된다.

사례

그는 나에게 너무 무관심하다. 처음 사귈 때는 그렇게 연락이 잦다가, 1년이 지난 지금 하루 종일 연락을 안 할 때도 있다. 가끔 나를 좋아하는지 의심이 드는 것은 어쩔 수 없다. 그가 지금 회사에 진급을 앞두고 굉장히 중요한 시험을 봐야 되는 것을 알고 있다. 나에게 미리 말했지만, 그래도 혼자 있는 밤이면 서운한 감정을 감출 수 없어 나도 모르게 투덜거린다.

내가 이렇게 연락에 집착하는 여자였던가? 사실 이전 남자친구들은 항상 연락이 잘 되었기 때문에, 지금과 같은 상황이 이해가 안 되는 것일지도 모른다. 하지만 나를 사랑한다고 수없이 속삭이던 침대 위 우리들만의 밤들은 다 무엇이었는가? 혹시 나와의 섹스가 만족스럽지 않았나, 다른 여자에게 마음이 가고 있는 건 아닌가, 별의별 생각이 다 들면서 점점 그를 이해할 수가 없었다.

하지만 오늘 그를 이해하기 위해서 이방인 기법을 써보았다. "수능시험을 앞둔 친구가 연락이 잘 안 된다."라고 그를 수능시험을 앞둔 친구로 생각하기로 했다. 그의 회사는 내가 다니는 것이 아니기 때문에 속사정이 이해가 안 된다. 하지만 수능은 나도 쳐 봤기 때문에 그 긴장감과 촉박함이 이해가 된다.

내가 이해할 수 있는 범위 안에 그를 놓으니 내 마음이 한결 편안해짐을 느낀다. 돌아보니 그와의 연락에 신경 쓰고 스트레스 받느라, 정작 내가 해야 하는 일들을 놓치고 있었다. 그가 하는 일들이 사실은 우리를 위한 것이었다. 나 또한 내 할 일이 있었다.

그는 승급시험을 잘 치르고, 내 도자기 공방도 자리를 잡게 되면 우리는 차차 결혼을 준비하자고 했었다. 서운한 감정을 걷어내고 보니, 그와 내가 함께 가야 할 또렷한 빛이 보인다.

'그래 지금 이 시기는 조금 더 이해하고 서로 인내해야 하는 때야. 연락에 너무 연연해하지 말고 수능시험을 치르는 친구를 응원하는 것처럼 그를 응원하자.'

평소 그녀에게 연락을 하지 못해 미안한 마음이 가득했던 그는 승급시험이 끝난 밤 장미꽃 한 다발을 사 들고 와 그녀와 축하파티를 열고 함께 고생한 서로를 위해 뜨거운 밤을 보냈다.

영어 속담 중에 "putting yourself in other people's shoes"는 직역하면 다른 사람의 신발에 내 몸을 넣어보라는 말인데, 이는 다른 사람의 입장이 되어 그 사람을 이해하라는 뜻이 담겨 있다. 이 속담처럼 우리는 정말로 다른 사람의 신발을 신어보지 않고서는 어떻게 상대방을 이해해야 하는지 잘 모른다.

이방인 연습하기를 통해 나쁜 감정을 덜어내고, 상대방을 이해하여 관계의 밭을 골고루 갈아 보길 바란다. 그러다 보면 어느새 진심으로 이해하는 마음으로 서로의 몸을 어루만지게 된다. 이는 곧 상대방에게서 이해받는 것이다. 섹스라는 것도 결국 나를 이해받는 느낌으로 힐링하는 것이다. 이를 통해 충만한 감동을 느껴보라. 단순히 몸만 반응하는 섹스에서 한 단계 나아간 느낌을 느낄 것이다. 이렇게 아름다운 섹스를 지속적으로 하다보면 초록색 여린 생명이 쏘옥 하고 그 밭에서 자라나 열매를 맺을 것이다.

5. 다시 2장으로 '가치관 이상형 찾기 (섹스하기 좋은 사람)'

나와 가치관이 다른 사람이 틀린 사람은 아니다. 하지만 나와 다른 사람이기 때문에 나를 불편하게 할 수는 있다. 물론 100% 가치관이 맞는 사람을 만날 순 없을 것이다. 하지만 당신에게 소중한 것은 무엇인가? 당신에게 소중한 그 무엇에 대한 가치와는 꼭 일치하는 사람과 만나기를 바란다. 그런 관계를 바탕으로 이루어지는 섹스는 항상 긍정적인 대화로 가득할 것이다. 서로의 생각이 많은 부분 일치하기 때문이다. 그리고 많은 대화를 통하여 다른 사람으로부터 상처받은 내 몸을 힐링해주는 섹스로 발전할 가능성이 높다.

처음부터 가치관이 비슷한 사람끼리 만난다면 섹스 또한 매우 여유롭고 그 자체로 힐링되는 느낌일 것이다.

사례

나는 동물을 매우 사랑하고, 강아지를 돌보기 위해서라도 집에서의 데이트를 선호한다. 하지만 지난 번 사귄 남자친구는 강아지가 냄새가 난다며 매우 싫어했다. 또 집에서 하는 데이트보다 밖에서 영화보고 사람 많은 곳에서 공연을 보거나 하는 것을 좋아했다. 그를 좋아해서 사귀었지만, 매번 강아지를 집에 두고 나가야 하는 마음이 영 불편한 것이 아니었다. 그가 밖에서 하는 데이트를 선호하는 것도, 우리 집에 오면 싫어하는 강아지를 봐야 하기 때문은 아닐까 하는 생각이 들었다.

그런 생각이 드는 날은 과연 우리가 끝까지 갈 수 있는 사이일까 하는 의문이 들었다. 나에게 강아지는 가족과 같은 존재라서 결혼을 하더라도 함께 살아야 할 것이기 때문이다. 먼 미래까지 생각하다 보면, 그와의 관계의 한계가 보였다.

그와 잠자리를 할 때 속궁합은 좋다고 느꼈지만, 그보다 더 중요한 것을 놓치게 되리라는 느낌 때문에 만족이 반감이 되었다. 결혼 이야기까지 나눈 사이지만 불안한 마음에 임신이 될까 봐 피임은 꼭 했다.

하지만 그와 헤어진 후 만난 현재 남자친구는 이런 근본적인 생각이 나와 잘 맞다. 무엇보다 동물을 사랑하며 집에서 키우는 고양이를 가끔 데려오기도 한다. 지금부터 함께 사는 연습을 해야 된다나? 그런 말을 하는 남자친구가 너무 사랑스럽다. 예전에는 느끼지 못했던 기쁨이다. 또 빈혈이 있는 나는, 어지럼증을 잘 느껴 바깥 활동이 매우 불편한데 남자친구와는 항상 집에서 데이트를 하니 너무 편하다. 특히 강아지와 남자친구가 다 같이 있을 때면 벌써 온전한 가족이라는 느낌이 든다.

함께 있으면 너무나 편하고 좋은 이 사람과 미래를 같이 할 수도 있지 않을까? 그와의 속궁합은 전 남자친구보다 조금 부족하다. 하지만 내가 원하는 터치나 느낌을 알려 주면 더 좋아질 것 같다는 긍정적인 생각이 든다. 조금 부족하면 어떠랴. 다른 부분이 너무나 충분하기 때문에 그와는 매일매일 하나가 되고 싶다는 느낌이 든다.

몸과 마음으로 하는 치유

2장에서 생각해 본 '올바른 관계'가 섹스의 첫 번째 목적인 '힐링'과 어떻게 연계될 수 있는지 살펴보았다. 관계가 엉망인데 섹스가 좋을 수는 없다. 함께 있는 모든 순간이 지옥인데 섹스하는 순간만 좋을 리 만무하다. 육체적 쾌락은 있을지언정 정신적인 안락함은 없다.

당신이 맺고 있는 이 관계는 결코 가벼운 것이 아니다. 운명이 당신들을 평생의 반려자로 이끌 수도 있기 때문이다. 매일 눈뜨고, 먹고, 씻는 순간에 상대와 함께 해야 한다.

질문, 당신은 왜 섹스를 하나요?

1. 사랑을 느끼기 위해
2. 무엇으로부터 도망가기 위해
3. 그 사람을 소유하기 위해
4. 관계를 유지하기 위해
5. 성욕을 충족시키기 위해
6. 외로워서
7. 내 성적매력을 테스트하기 위해
8. 유혹 자체가 재밌어서
9. 친구의 이성 친구를 뺏고 싶어서
10. 마음에 드는 남자가 섹스를 통해 나를 사랑하리라 믿어서

이런 이유는 어떤가요.

상처받은 나와 너를 치료하기 위해.
그래서 함께 걸어가기 위해.

위대한 멈춤,
오르가슴

두 번째로 생각해 볼 섹스의 목적은 '오르가슴'이다. 오르가슴을 못 느껴도 섹스는 가능하지만, 느낄 수 있다면 천국을 보여준다. 한국에만 살아도 살아갈 수는 있지만, 세계여행을 다니면서 세상을 맛보는 것은 또 다른 차원인 것과 같다.

여자들이 말하는 오르가슴

"평생 한 번도 느껴보지 못했어요."
"오르가슴의 느낌을 설명하자면, 머릿속이 하얘지면서 온몸이 용암처럼 폭발하는 듯한 느낌이 들어요. 마치 반사적으로 튕기는 스프링이 된 것 같아요. 오르가슴이 온몸을 지배할 때는 귀가 멍멍하며 자궁과 질이 심하게 수축해요. 몇 분 이상 가는 느낌이에요."

"한 번 할 때 심하면 10번도 더 느껴요. 그래서 거의 혼절 상태까지 가요."

"내 오르가슴은 그다지 길지가 않아요. 한 5초 내외예요."

"손이나 입으로 해야만 오르가슴을 느끼는데, 삽입으로는 못 느끼는 제가 이상한 거 같아요."

"여자는 거의 못 느끼는 거 아닌가요? 남자들의 오르가슴을 위해서 여자가 희생하는 거 같아요."

"남자들의 오르가슴은 뭐…, 사정이겠죠. 그리고 무조건 하는 거 아닌가요?"

남자들이 말하는 오르가슴

"사정이라고 다 같은 사정은 아니죠, 때때로 안 하느니만 못하는 사정이 있어요."

"최고의 명기를 만나서 내 온몸을 잘근잘근 씹어 먹는 듯한 느낌을 받았고, 처음 경험하는 느낌을 받았어요. 마치 손이나 입으로 하는 것처럼 아니 그보다 정교하고 부드러우며 탄력적이었죠."

"며칠을 참다가 하면 정액의 양이 매우 많고 오르가슴의 느낌도 더 좋아요."

"몸만 좋은 것은 한계가 있죠. 사랑하는 여자와 할 때는 정말 느낌이 달라요."

"사정을 안 하고 며칠을 참으면, 섹스에 대한 생각 때문에 다른 것에 집중하기가 힘들어서 그냥 빨리 해결하고 싶어져요. 그럴 땐 자위를 해버려요."

"나와 관계하는 여자들은 항상 오르가슴을 느끼는 것 같아요."

오르가슴은 무엇일까?

섹스를 통해 느낄 수 있는 최고의 극치감이라고 할 수 있다. 대개 어떤 호르몬 작용이 수반되는데, 이후에는 나른해지며 행복한 감정을 느낀다. 이것이 빠진 섹스는 앙꼬 없는 찐빵이며 계란 없는 냉면이다. 음식의 포인트, 섹스의 화룡점정이다.

사람들이 생각하는 오르가슴은 그들의 성기 모양만큼이나 다양하다. 머리가 멍해지고 눈앞이 하얗게 된다는데, 이 오묘한 조화를 단지 몸의 변화로 설명하기 어렵다. 여러 학자들도 여성의 질 수축, 남성의 사정만으로는 오르가슴이 무엇인지 정확히 설명할 수 없어 곤혹스러워 하고 있다. 심지어 질수축이나 사정이 없어도 오르가슴을 느낄 수 있다는 사람들이 있기 때문이다. 하지만 대다수의 사람들은 질수축이나 사정으로 오르가슴을 느낀다. 어떤 여성들은 이불이 다 젖도록 애액을 내뿜기도 한다.

그렇다면 오르가슴은 왜 필요할까? 여러 가지 재미있는 이야기들이 있다. 제일 흥미로운 것은 오르가슴이 최고의 정자를 선별하는 역할을 한다는 것이다. 말하자면 '베스트 정자' 콘테스트다. 섹스의 시작부터 자궁은 조금씩 밀려 올라가는데, 오르가슴이 시작되면서 강렬한 수축으로 인해 자궁이 더 올라간다. 말하자면 고층 고속엘리베이터 같은 것이다. 슝- 하고 올라가버린 자궁으로 도달하는 일은, 정자들에게 한층 더 높은 고난을 강요한다. 가장 튼실한 녀석들이 점프하여 쏙 하고 그 속에 들어갈 수 있음은 당연하다. 이들에게만 특별히 '나팔관행 티켓'이 주어지는 것이다.

따라서 건강한 아기를 출산하기 위한 본능에서 오르가슴이 필요하다고 보는 것이다. 이 이야기에 따르면 당연히 아기를 가질 계획이 있는 커플이라면 여성이 오르가슴을 느낄 수 있도록 더욱 노력해야 한다. 그래야 더욱 더 튼튼한 아기가 태어나니까.

한편, 오르가슴을 느끼는 순간 갖가지 호르몬이 팡파르처럼 터지는 흥분의 순간을 경험한다. '이야! 드디어 최고점에 다다랐어! 모두들 축배를 들자 이야호!' 이런 느낌이다. 그중에서도 두드러지는 옥시토신 호르몬은 매우 유명하다. 행복함을 느끼게 해 주고, 파트너와 유대감을 강하게 해 준다.

호르몬 변화로 인한 눈에 보이지 않는 '기분'이 뭐 별거냐 하겠지만, 우리 인간은 생각보다 이 기분에 의해 많은 관계가 좌지우지된다. 화난 여자친구를 상상해 보고, 활짝 웃고 있는 여자친구를 상상해 보자. 어떤 여자친구와 더 좋은 관계를 유지할 수 있을 것 같은 기분이 드는가? '기분'은 그런 것이다. 이렇게 생각하면 조금 더

와 닿을 것이다. 그래서 이 옥시토신을 '관계 호르몬'이라고 이름을 지어도 좋을 것 같다. 우리는 이처럼 완벽한 합일감을 주는 오르가슴을 본능적으로 원하고, 추구한다. 하지만 갖가지 오해들로 인해 진정한 오르가슴과는 동떨어진 삶을 살고 있다.

미소 친구인 다해는 돌진과 오랜 관계를 유지하고 있다. 그와는 매우 오랜 시간 동안 관계를 맺어 왔지만, 단 한 번도 오르가슴을 느껴 본 적이 없다.

사실 다해는 몸이 매우 예민하다. 그래서 남자친구와 관계를 할 때 매우 흥분하지만 웬일인지 오르가슴이 오지가 않는다. 올 듯 말 듯 오지 않으며 애를 태우는 것이다. 특히 그가 사정을 할 때쯤 더욱 더 달아 오는 것을 느끼는 다해. 그에게 어떻게 표현해야 할지 몰라 요구를 하지 못한다. 결국 끝나버린 관계. 그가 샤워를 하러 떠나 버리면 혼자 자위를 해서 빠르게 오르가슴을 느껴버리고서는 죄책감에 시달린다.

혹시 당신은 다해와 같은 경험을 한 적이 있는가? 나는 다해와 같은 경험을 한 적이 있다. 혼자서는 정말 잘 느끼는 몸을 가졌는데, 남자친구와의 섹스에서는 도통 오르가슴을 느낄 수 없는 것이다. 무엇이 문제인지 전혀 몰라서 답답했고, 괜히 이러한 사실들이 신경 쓰여 섹스 자체에 집중이 되지 않은 적도 있다. 이 같은 사실이 지금의 당신과 같지는 않은가?

훌륭한 섹스를 방해하는 '생각'에는 어떤 것들이 있을까? 당신은 섹스 도중 갑자기 이런 생각이 든 적이 있는가?

1 섹스는 왜 항상 이렇게 일방통행 같은 느낌인 건지.

2 왜 남성의 사정을 목표로 하는 느낌을 받아야 하는 것인지.

3 왜 여성은 몸을 '주는' 느낌을 받아야 하는 것인지. 단지 남성이 삽입하는 입장이라서 그런 건지.

4 다해처럼 섹스 후 자위를 하면 왜 죄책감을 느껴야 하는 것인지.

5 왜 여자는 섹스에 대해 원하는 것을 요구하기가 부끄러운 것인지.

6 오르가슴은커녕 아파도 참으면서 섹스라는 걸 해야 하는 것인지.

7 관계 시 내 몸을 보여주는 것이 왜 이렇게 부끄러운 것인지.

8 왜 남자들은 몸을 보여 주는 것을 덜 부끄러워 하는지.

9 섹스는 아기를 갖기 위해서 하는 것이고, 결혼 후에 해야 하는 것은 아닌지.

10 겨드랑이 털을 덜 깎은 것은 왜 이리도 신경 쓰이는지.

11 내 표정이 너무 오버스러울 것 같아서 신경 쓰여 마음대로 찡그리지도 못하는지.

이런 생각들은 모두 오르가슴을 방해한다. 이 생각의 기저에는 '섹스=삽입 행위'라고 생각하는 오류가 깔려 있다. 하긴 야한 영상들에서 보여주는 주요 장면들이 그러하니, 대다수 사람들의 머릿속에는 살색이 왔다 갔다 하는 그 장면이 떠오를 것이다. 그렇다면 섹스는 무엇을 포함하는가? 다 같이 생각해 보자.

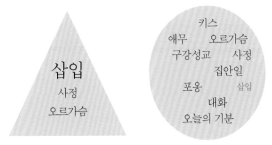

〈섹스가 포함하는 것들〉

세모와 동그라미, 어느 쪽이 섹스가 포함하는 것을 잘 표현하고 있을까? 정답은 동그라미이다.

삽입. 과연 정말 좋은 것일까? 사실 삽입은 그 자체로서는 여성들에게 큰 즐거움을 주지 못한다. 여기서 남성분들은 충격을 받을 수 있지만 사실이 그렇다. 따라서 세모 안의 큰 글로 써져 있는 '삽입'에만 비중을 두는 것은 전혀 옳지 않다. 서론, 결론 없이 바로 본론에 들어가면 이 사람이 사랑한다면서 내 몸만 원하는 것 같다. 그리고 세모꼴의 뾰족한 창처럼, 이때의 귀두는 여성에게 공격적이다.

왜 삽입만으로는 별로일까? 생각해보면 삽입은 질과 남성의 성기가 만나는 행위이다. 남성의 성기에는 귀두라는 가장 예민한 부위가 있다. 남성은 귀두를 마찰하며 스스로의 오르가슴을 돕는다.

이곳이 적절한 자극을 받을수록 오르가슴이 쉽게 올 수 있다.

반면 여성의 질은 어떤가? 여성의 질은 나중에 아기가 지나가는 통로이다. 따라서 엄청나게 늘어나야 한다. 3킬로 이상 되는 거대한 아기가 지나가야 하기 때문이다. 이 거대한 덩어리를 위해 질은 무감각해져야 한다. 따라서 질 입구에서 5cm까지만 예민하고 그 이후는 큰 감각이 없다고 한다. 그러니 앞서 살펴본 'Bigger is better?'에서 한 이야기처럼, 길이가 아무리 길어도 여성이 느끼기에는 큰 차이가 없다는 것이다.

"삽입섹스"만으로 오르가슴에 도달하는 여성은?
20%[5]

그렇다. 나머지 80%는 삽입만으로는 오르가슴을 '못' 느끼는 것이다. 생각보다 높은 수치다. 그렇기 때문에 우리는 여성의 오르가슴을 좀 더 파악해 볼 필요가 있다.

1) 오르가슴의 강력한 요소, 클리토리스

여성의 오르가슴을 위해서 삽입에만 집중해선 안 된다. 그동안 피스톤 운동으로 진땀을 뺀 우리 모든 남성들을 대신해 심심한 위로의 말을 전한다. 그대들의 노고를 모르는 것은 아니지만 여성들

---

5. 이금정, 『거꾸로 섹스』, 시그마북스, 2016.

의 상당수는 오르가슴 연기를 한 경험이 있다. 괜찮다. 지금 이 글을 보고 있다는 것은 그래도 희망이 있다는 것을 의미한다.

남성의 몸은 피스톤만으로 오르가슴에 도달할 수 있다. 하지만 여성의 몸은 질만 왔다 갔다 해서는 안 된다. 그 비밀은 바로 '여성의 귀두'에 있다.

"응? 여성이 귀두가 있다고? 내 여자친구가 남자란 말이야?"

맞다. 정확히 말하자면 성기로 따졌을 때 남자도 여자도 아니었을 때가 있었다. 태아 때 남성의 귀두 역할을 하는 부분이 남자아이는 귀두로 자란다. 하지만 여자아이로 성장하면서 귀두 역할을 하던 부분이 그대로 남아 그 이름도 아름다운 '클리토리스'로 바뀐다. 작아지는 것이 아니다. 거대한 몸체는 질 주변에 그대로 장착된다. 그래서 마치 남성의 성기 전체에서, 귀두 부분만 눈을 빼꼼히 내밀고 나머지는 몸속으로 숨어버린 형태가 된 것이다. 숨어있지만 찾아주길 기대하는 아이처럼.

그래서 클리토리스 자체는 굉장히 남성의 성기와 닮아있다. 이러한 특성 때문에 성전환 수술도 할 수 있는 것이다. 인터넷에 메가클리토리스(megaclitoris)를 검색하면 충격을 받을 것이다. 여성의 클리토리스가 메가급으로 큰 형태는 마치 남성의 성기 같기 때문이다. 심지어 툭 튀어 나와 있기도 하다.

그렇다면 어떻게 해야 할 것인가? 당연히 남성들의 귀두를 자극하면 오르가슴이 오듯, 여성의 클리토리스를 자극하면 오르가슴이 찾아 올 수 있다. 클리토리스를 손으로도 예뻐해 주고 입술로, 혀로, 코로 예뻐해 주는 것이다. 남자는 자신의 귀두를 스스로 애무한다고 생각하고 애무하면 조금 더 쉬울 것이다, 때로는 천천히 때로는 빠르게. 장난스럽게, 애태우듯이, 너무 거칠지 않게, 부드럽게. 나만의 방법을 연구해 보자. 그리고 상대방에게 어떤 방식이 좋은지 물어보는 것도 좋은 방법이다.

2) 말

때로는 조금 흥분되는 이야기로 자극해도 좋다. 여성들은 생각보다 언어에 예민하기 때문이다.

'자기가 팔짱을 낄 때마다 가슴에 스치는데, 왜 이렇게 흥분되지?'
'나 어젯밤에 자기 사진 보다가 갑자기 야한 생각이 들어서 늦게 잤어.'

특히 데이트 며칠 전부터 '좋은 말'들 위주로 상대방을 기분 좋게 한 상태라면 분위기는 한껏 달아오를 것이다.
예를 들어 둘이 함께 갈 여행에 '그날은 내가 요리 할게'라고 말하는 순간 당신은 '요섹남(요리하는 섹시한 남자)'이 되는 것이다. 어쩌면 주방에서 그대로 야릇한 시간을 보내게 될지도. 그러나 아무 준비 없이 주방에서 요리하고 있는 여자친구에게 아랫도리를 꺼내 돌진한다면 들고 있던 칼로 칼부림이 날지도 모른다. 그러면 그날 분위기는 '싹뚝'이다.

적절한 말로 상대방을 자극해 보자. 서툴러도 괜찮다. 유쾌한 농담인 양 넘기면서 계속 시도 해 보자.

3) 키스

키스는 프렌치키스, 버드키스, 사탕키스, 딥키스 등등 다양한 키스를 할 수 있다. 그리고 창조적으로 새로운 키스를 개발해 낸 커플도 있을 것이다. 섹스를 위한 키스에서 가장 중요한 것은 무엇일까?

키스를 통해 섹스를 할 것이라는 인상을 지우는 것이다.

섹스를 할 건데, 그 인상을 지우라니. 무슨 말일까. 이것은 마치 연인와의 심리 게임 같은 것이다. 나는 섹스에 아무런 관심이 없고 그냥 키스만 할 것이라는 인상을 주면 오히려 섹스하고 싶어질 것이라는 생각이다.

4) 애무

애무는 세상에서 가장 아름다운 사랑의 표현이다. 내가 얼마나 흥분했는지, 얼마나 상대방을 원하는지도 알 수 있다. 어떠한 방식이든 애무가 있어야 오르가슴에 쉽게 도달할 수 있다. 중요하기 때문에 '애무, 사랑의 춤' 편에서 깊게 다룰 것이다.

5) 구강성교

구강성교를 통해 할 수 있는 클리토리스 애무는 특별하다. 오르가슴을 느끼는 사람 중 70%가 클리토리스 애무를 필요로 한다고 한다. 앞서 살펴보았듯 클리토리스는 '여성의 귀두'이니 귀두의 애무 없이 느끼는 나머지 30%가 나는 더 대단하게 느껴진다. 구강성교나 애무도 마찬가지다. 이에 대한 내용도 다음 장에서 더 다루도록 하겠다.

6) 오늘의 기분

특히 여성들에게 오늘의 기분은 오르가슴에 중요한 영향을 미친다. 남성이 집안일을 하거나, 자상하게 여성을 대하면 긍정적인 영향을 끼칠 가능성이 높다. 그러나 성적이 떨어졌다든지, 급한 시험이 코앞이라든지 하는 상황들은 스트레스를 유발하여 오르가슴을 어렵게 하기도 한다. 무턱대고 상대방에게 요구하기보다는 상대방이 놓여 있는 상황을 고려하자. 스트레스 상황을 풀어주는 행위만으로도 오르가슴에 도움이 된다.

우리가 여태껏 살펴본 오르가슴은 섹스의 중요한 목적이지만, 그 자체가 목적이 되어서는 안 된다. 이는 노래에 비유할 수 있다. 노래를 할 때 기술을 생각하며 어떻게 하면 고음을 올릴까, 어떻게 하면 바이브레이션을 잘 넣어서 잘하게 들릴까, 어떻게 하면 목소리를 크게 할까 등등을 너무나 생각하다 보면 정작 노래에서 오는 감동은 떨어진다.

그러나 오히려 목상태가 좋지 않아도, 그 가사에 몰입하여 정말 그림을 그리듯이 진심을 담아 노래를 한다면 청중들은 눈물을 흘릴 것이다. 그 느낌은 매우 강렬하여, 황홀하고 때로는 사랑스러우며 격정적이다. 알 수 없이 가득 채워지는 이 느낌은 무엇도 두렵지 않은 막강한 힘을 주며 무아지경이고 흥미진진하다. 다른 세계에 있는 것과 같은 느낌이다. 섹스는 이런 예술 행위와 다르지 않다.

오르가슴은 신이 커플에게 준 최고의 선물이다. 이 쾌락으로 가는 티켓은 누구에게나 주어진다. 다만 그곳으로 가는 기차에 올라타느냐 못 타느냐는 두 사람에게 달렸다.

멀리 종아리 끝부터 느껴지는 손끝의 감촉.

나의 피부 표면만 살살 건드리며 애태우는 못된 사람.

허벅지로 올 줄 알았던 그 감촉은 난데없이 무릎 뒤 연한 살을 괴롭히는데,

간지럽기도 하여 깔깔깔 웃음이 난다.

절대 급하지 않은 그의 움직임에

안정감이 느껴지고, 내 몸을 맡겨도 될 것 같다는 생각이 든다.

아직 몸이 확 달아오르진 않았지만 기대감에 기분이 들뜬다.

순간 촉촉한 입술이 허벅지에 닿고, 그의 손은 어느새 나의 둔부에 닿아 있다.

주변을 맴돌며 솜털 사이사이를 여행하는데,

아찔한 느낌이 섹시함을 더한다.

어느 정도 지났을까, 그가 코를 박고 나의 그곳에서 숨을 쉬며 말한다.

'너무 향기로워.'

그리곤 그곳에 천천히 키스를 하는 그.

머리에 윙-하는 소리가 들리는 것 같았다.

나도 모르게 입에서는 탄성이 튀어나오고

이 믿기지 않는 흥분에 온몸의 세포가 하나하나 살아나는 듯하다.

천천히 진행하는 정성에, 사랑으로 가득찬 느낌이다.

황홀하다.

나도 모르게 허리가 활처럼 휘었다.

이제 그가 이것을 멈추지 않기만을 바랄 뿐이다.

인간은 쾌락을 위해 얼마나 많은 지출을 하는가. 즐거움이라 불리는 것들은 어마어마한 비용이 들기도 한다. 여행, 좋은 물건, 맛있는 음식, 집, 차….

그러나 섹스에서 오는 쾌락은 공짜다. 그것도 최고급으로.

즐기기 바란다.

● ● ●

그래도, 사랑
[뜨거운 밤을 위한 시나리오]

사랑해. 너무 사랑해서 사랑한다는 말을 하고 싶지가 않아. 왜냐면 사랑하는 내 마음이 사랑한다는 말 때문에 빛을 잃기 때문이야.

인연

한용운

사랑하는 사람 앞에서

사랑한다는 말은 안합니다

아니하는 것이 아니라 못하는 것이 사랑의 진실입니다

잊어버려야 하겠다는 말은

잊을 수 없다는 말입니다

정말 잊고 싶을 때는 말이 없습니다

헤어질 때 돌아보지 않는 것은

너무 헤어지기 싫기 때문입니다

그것은 헤어지는 것이 아니라 같이 있다는 말입니다

사랑하는 사람 앞에서 웃는 것은

그만큼 그 사람과 행복하다는 말입니다

그러나 알 수 없는 표정은 이별의 시점입니다

떠날 때 우는 것은 잊지 못하는 증거요

뛰다가 가로등에 기대어 울면

오로지 당신만을 사랑한다는 말입니다

사랑

두 사람이 서로를 바라보고 있다. 그들은 눈은 '보고 싶었어'라는 마음을 가득 담고 있다. 아무 말을 하지 않는다. 그들이 하고 싶은 말은 그들의 몸이 말하고 있다.

그가 내 손을 잡는다. 잡고 더 꼬옥 잡는다.

'많이 보고 싶었어. 손이 많이 차갑구나, 내가 그동안 잡아주지 못해서 미안해.'

내 뒷머리를 스윽 넘기며 웃는다.

'네 머리카락은 목화솜처럼 부드러워서 나도 모르게 손이 가게 해.'

서로 두 팔을 뻗어 껴안는다.

'더 따스하게 온몸으로 너를 느끼고 싶어.'

뜨거운 눈으로 바라보며 살며시 키스한다.

'내가 조금씩 너에게 다가가도 되겠니?'

그녀의 머리를 받치며 조금 더 진하게 키스를 한다.

'너를 향해 뜨거운 내 마음을 표현하고 싶어.'

키스를 나누며 그녀가 그의 셔츠 단추를 조금씩 푼다.

'너 혼자 나를 원하는 게 아니야. 나도 너를 원해.'

천천히 그녀의 목 언저리를 쓰다듬으며 어깨로 팔로 내려가 손을 다시 꼭 잡는다.

'내가 지금 원하는 건 너를 이렇게 따듯하게 해주는 거야.'

키스를 하던 그녀의 입술이 그의 이마에 뽀뽀를 한 후, 쇄골을 타고 가슴으로 조금씩 내려간다. 잠시 가슴에 귀를 갖다 댄다.
'내가 당신에게 해 줄 수 있는 건 다 해 주고 싶어. 이 가슴 안에서 뛰는 심장소리가 나를 기쁘게 해.'

속옷만 남기고 그녀의 옷을 모두 벗긴 후 그가 빤히 그녀를 쳐다보며 웃는다.
'이렇게 바라만 보고 있어도, 네 몸은 나를 흥분시키는구나.'

조금씩 키스를 하며 내려가는 그녀가 그의 몸을 돌려 등을 애무하기 시작한다. 그러다 등에 있는 그의 화상 자국을 발견한다. 조심스럽게 그곳에 키스한다.
'조금은 색다르게 너를 즐겁게 해 주고 싶었어. 그런데 네 몸에 난 상처를 보니 가슴이 아프네. 이곳을 이렇게 어루만질 수 있는 사람은 이 세상에 나뿐이라니 조금은 기뻐. 당신의 아픔마저도 내가 돌보고 싶어.'

간지럽다는 듯 몸을 비틀며 그가 그녀의 골반을 잡고 키스하기 시작한다.
'이렇게 다시 너랑 마주보고 싶어. 네 얼굴 보는 게 좋아.'

그의 오른손이 조금씩 애무하며 내려가 어느새 그녀의 배꼽 언저리까지 도착하자, 그녀의 얼굴이 조금 들뜬다. 천천히 내려가 뽀얀 허벅지를 손톱 끝으로 간지럽히는 듯하다 팬티 위에서 잠시 멈춘다.

'이제 조금 더 예민한 부분을 건드릴 건데, 괜찮아?'

그녀가 갑자기 그의 바지 속으로 손을 집어넣는다. 그리고 살짝 물건을 터치한다. 움찔하는 그.

'응 이쪽도 만만치 않을걸.'

그의 왼손이 그녀의 가슴을 살며시 잡는다. 그리고는 얼굴을 가슴골에 파묻는다.

'아- 이 향기는 나를 너무 편안하게 해. 이대로 잠 들어도 좋을 것 같아. 하지만 조금은 맛보고 싶은걸.'

코로 킁킁 냄새를 맡던 그는, 가슴 언저리부터 조금씩 유두 가까이로 가서 천천히 빨기 시작한다.

'나도 모르게 끌리는 이 느낌, 멈출 수 없는걸? 뭔가 입안에 굉장히 만족스러워. 그리고 흥분돼.'

그녀의 들뜬 목소리가 들리고, 한참을 애무하던 그는 그녀의 팬티 근처에서 더욱 더 애태우기 시작한다. 이윽고 팬티를 벗기고,

그녀의 꽃잎 주변을 한참이고 애무한다. 허벅지에서부터 심지어 항문까지. 그녀의 반응에 맞추어 천천히 주변에 키스하면서 클리토리스를 포함한 전체를 열정적으로 애무하기 시작한다.

'나는 언제나 너를 배려할 거고, 네가 준비될 때까지 이 맛있는 걸 먹으면서 기다릴게. 네가 좋아하는 반응을 보면 나도 너무 즐거워. 네가 원하는 걸 말해주면 더 너를 좋게 할 수 있을 거 같아.'

자세를 바꾸어 이제는 그녀가 그의 소중한 곳을 쓰다듬기 시작한다. 그러면서 조금씩 그의 가슴을 애무하기도 하고, 그에게 키스하기도 하며 그의 흥분을 고조시킨다.

'내 몸을 좋게 해 줘서 고마워. 이제는 내가 당신을 좋게 해 줄게. 기대해도 좋아.'

손으로 쓰다듬던 그녀가 입으로 그의 고환에 키스하더니 조금씩 애무하기 시작한다. 위로 올라 올 줄 알았던 그녀의 입술이 오히려 반대인 항문 쪽으로 향해 그를 놀라게 한다.

'더럽지 않아. 당신의 몸에 있는 어떤 곳이든 나에겐 소중하니까. 기분 좋게 해 줄게.'

천천히 그의 성기를 입으로 애무하기 시작한다. 그리고는 천천히 위아래로 움직이며 그의 반응을 살핀다.

'당신이 내가 하는 애무를 어떻게 느끼는지 알고 싶어, 내가 좋았

던 만큼 당신도 좋게 해 주고 싶어. 아마 당신도 천천히 강도를 올리는 걸 좋아할 것 같아.'

도저히 참을 수 없는 그녀의 움직임에, 그는 그녀를 침대에 눕힌 후 가슴을 애무한다.

'정말 나를 못 참게 하는 여자야, 지금 당장 삽입을 하고 싶어. 하지만 조금 전까지 나를 애무하느라 조금 흥분이 가라앉았을 거 같아. 다시 나를 원하게 만들어 주고 싶어.'

다시 시작되는 애무에 그녀의 흥분은 더욱 더 고조된다. 마치 이전의 흥분은 축적되어 있었던 것처럼 느낌이 빠르게 다시 살아난다. 그러던 중 갑자기 눈앞이 하얗게 되면서 온몸이 수축하는 강렬한 느낌이 찾아왔다. 오르가슴이다. 정신이 아득해지는 1분여의 시간이 지나, 그에게 고마운 마음마저 든다. 이제는 그와 하나가 되고 싶다는 느낌이 강하게 들어 그에게 삽입을 해달라고 말한다. 그들은 조금씩 천천히 격정적으로 되어간다.

'사랑하는 당신과 영혼이 하나가 되는 느낌을 느끼고 싶어. 이 초감각적인 몸짓을 통해 할 수 있을 것만 같아. 지금 이곳이 이 세상이 아닌 것만 같아. 우리는 지금 진공 상태의 우주선을 타고 저 멀리 우주로 날아가고 있어. 귀에는 너의 숨소리 말고는 아무것도 들리지 않아. 이건 너와 나만이 느낄 수 있는 사랑의 느낌이야.'

그들의 아름다운 무희가 끝났다. 서로 몸을 뺄 생각도 하지 않은 채, 그 자세 그대로 꼭 껴안고 있다. 한 쌍의 귀여운 코알라 같다. 어쩐지 스트레스가 다 사라지는 듯, 기분이 좋아진다.

'당신과 하나 되는 느낌이 이토록 행복할 줄이야. 영원히 이대로 시간이 멈췄으면 좋겠어. 너무 사랑해. 당신이 준 사랑 때문에, 잠시 떨어져 있을 이별의 시간도 견딜 수 있을 거 같아.'

그녀가 그의 팔베개를 하고, 또 다시 처음처럼 따스하게 포옹을 한다. 그의 오른손 그녀의 왼손은 꼬옥 마주 잡은 채로, 이마에 가볍게 키스한다.

'행복한 사랑의 비행을 마치고 다시 이 세상으로 내려오는 기분이야. 하지만 처음과는 달라. 당신과 이렇게 포옹한 채로 그대로 하늘에서 천천히 강림하는 기분이야. 마치 우리가 신이 된 것 같은 착각이 들어. 마음이 너무 평온하고, 모든 것을 사랑할 수 있을 것 같아. 그리고 당신과 대화도 많이 하고 싶어. 우리가 겪어 온 좋은 일 나쁜 일 모두.'

그들은 밤새 대화를 나누다 포옹한 채 깊은 잠이 들었다.

'바로 샤워를 하는 것보다 중요한 것은 당신과 교감을 나누는 일이야. 자다가 잠시 일어나 샤워해도 되는 거니까.'

사랑은 과학이 아니다. 사랑은 감정이고, 느낌이다. 행복한 느낌도 좋고, 야한 느낌도 좋다. 이 글을 읽으면서 당신이 느꼈던 감정을 돌이켜 보라. 그리고 당신이 실제로 섹스를 할 때 느낄 수 있는 사랑은 고작 나의 잔재주로 이루어진 이 글보다 훨씬 더 깊고 진할 것이다. 어찌 제대로 시도해 볼 가치가 없겠는가?

섹스의 목적 마지막 세 번째는 바로 이 사랑이다. 섹스를 사랑을 위한 수단으로 생각해 보자는 것이다.

정말 좋은 팁은, 그대가 사랑을 나눌 때 이 글의 작은따옴표 안에 있는 말들을 사랑하는 사람에게 속삭여 보는 것. 물론 당신의 상황에 맞게 표현하면 더할 나위 없이 좋다. 그대로 베껴도 괜찮다. 아무 말 없이 섹스를 하던 때와는 다를 것이라고 생각한다.

갑자기 흥부네 부부가 박을 타는 장면이 떠오른다. 그들은 그 거대한 박을 어떻게 그렇게 잘 썰었을까? 아무래도 함께 지내온 세월로 호흡이 척척 맞아서일 것이다. 그들의 잠자리는 어땠을까? 자식이 25명이나 되었으니 말이다. 박을 타듯이, 잠자리에서도 '당신 한 번~ 나 한 번~'하며 섹스를 즐겼을 것이다. 저절로 사랑의 나무에 박보다 귀한 아기열매가 열리지 않았을까.

이렇듯 섹스의 궁극적인 목적이 사랑이 될 때, '두 사람'은 영혼의 길을 함께 걷게 된다.

● ● ● ○

4

오늘밤
그대에게
팡파르를

이 밤, 최고의 파트너와 즐기기
[자위]

미소가 나에게 전화를 걸었다.

미리: "아니 우리 주인공인 미소 씨께서 저에게 전화를 다 주시다니 영광입니다."

미소: "미리 작가님. 작가님만이 제 고민을 아시잖아요. 저 서달 씨랑 좋은 관계를 가지고 싶어요. 왜냐면 서달 씨와 인간적으로 굉장히 가까워졌거든요. 작가님의 인간관계에 대한 이야기들을 듣고, 저희 관계를 예쁘게 만들기 위해 애썼어요. 가치관도 너무 잘 맞는 사람을 만나서 행복해요. 다만 성격이 살짝 다르지만 그건 서로에 대한 관심을 가지게 하는 거 같아요.

최근에는 그의 아버지에 대한 트라우마를 알게 되었는데, 그래서 보수적이고 성관계가 없었나 싶더라구요. 저도 외모에 대한 트라우마를 이야기했더니 그도 저를 다르게 대하구요. 제 외모 등에 대해서 함부로 이야기하지 않고 항상 좋은 말로 해주니 저 스스로 자존감도 높아지는 것 같아요.

이런 대화를 하다 보니 서로 존중하게 되었고 그 사람 자체가 좋아요. 그 사람을 둘러싼 모든 환경은 변하겠지만 그래도 그 사람이 좋을 것 같아요. 돈은 같이 벌면 되고, 외모는 꾸미면 되잖아요. 이런저런 조건이 없어도 둘이 있으면 편안하고 진실됨을 느껴요. 이런 게 사랑일까요? 어쩌면 천생연분을 만난 거 같아요. 하나만 제외하고….”

미리: “그 하나가 뭔가요?”

미소: “섹스요. 어떻게 해야 될지 모르겠어요. 저도 제가 잘한다고 생각하지는 않고, 서달 씨를 리드할 입장은 아니에요.”

미리: “미소 씨 자위는 하시나요?”

미소: “네? 앗 네….”

미리: “그렇군요. 자연스러운 겁니다. 그런데 그 자위가 야동을 보거나 빠르게 자극을 해서 항상 빨리 끝나지는 않았나요? 마치 남성들이 자위하듯이요.”

미소: “네 저도 항상 피곤해서… 흥분하려면 그 방법이 제일 좋지 않나요?”

미리: “상황에 따라 다르겠죠. 섹스를 위해서는 좀 안 좋은 방법이에요. 매일 보는 내 남자친구가 야동처럼 엄청 자극적이고 야할 수는 없잖아요? 미소 씨 말대로 편안한 상태죠. 현실의 섹스는 이 편한 상태에서 시작하는 거 아니겠어요? 그럼 오늘 제가 이끄는 대로 진짜 자위를 해 볼까요?”

미소: “아니 섹스를 고민하고 있는 저에게 왜 자위를 하라고 하시는 거예요? 작가님 변태시군요.”

미리: “변태가 남들과 다른 거라면 저는 변태 하겠습니다. 하지만 자위를 통해서 우리 미소 씨가 자신의 온몸을 탐험하며 새로운 성감대를 발견하게 도와

주고 싶어요. 그리고 그걸 통해 서달 씨에게 알려 줌으로써 미소 씨가 가장 좋아하는 방법으로 터치할 수 있게 하는 겁니다. 그렇다면 자위가 곧 섹스, 섹스가 곧 자위가 되는 것이지요. 이 방법은 서달 씨도 마찬가지입니다. 그러면 정말 즐기면서 섹스를 할 수 있어요."

미소: "아 그렇군요. 좋아요…. 어떻게 하면 되죠?"

미리: "좋아요, 저를 따라 탐험을 시작해 볼까요?"

l. 준비물

혹시 그 전에 자위에 사용하던 것들이 있나요? 러브젤이나 바이브레이터 같은 것들이요. 괜찮아요. 그러라고 만들어진 물건들이니 부담 없이 준비하세요. 그 물건들은 미소 씨가 사용해 주기를 목이 빠지게 기다리고 있을 거예요. 없으면 하나 장만하는 것도 괜찮아요.

또 개인적으로 신경 쓰이는 일들을 처리하세요. 가령 청소할 거리가 보인다든지, 곧 택배가 온다든지 하는 상황들을 정리하세요. 핸드폰도 무음으로 바꿔 볼까요. 가장 마음이 편안해 질 수 있도록 준비하는 겁니다. 아무도 나를 방해 하지 못하도록요.

아직 마음이 살짝 불편한가요? 편안한 피아노 연주곡을 틀어 보세요. 노래는 마음을 진정시켜 줍니다. 또 아로마 향 등을 이용해서 릴렉스 해 주어도 좋아요.

그리고 마음속에 가장 기분 좋았던 순간을 떠올립니다. 부드러운 고양이를 만지면서 논 기억이라든지, 상쾌한 가을 향기를 맡은 순간이라든지요. 그리고 거울을 준비하세요.

2. 씻으세요

미소 씨, 잘 안 씻으셨던 과거 있으시죠? 스스로를 위해 잘 씻으셔요. 특히 손톱 밑을 반대쪽 손에 비비면서 깨끗하게 씻어요. 내 소중이를 만져야 하니까요. 참, 질 세정제 사용 잊지 말구요. 질 세정제라고 질 안쪽 깊은 곳까지 넣으면 좋은 균까지 씻겨나가니 그러지 않도록 하세요. 손과 소중이만 씻어주어도 좋지만, 반신욕을 할 수 있으면 더 좋겠어요. 온몸의 긴장을 풀어주는 거죠. 아주 편안한 상태로요.

3. 거울 앞에서

자 이제 기분이 많이 좋아졌죠? 그렇다면 거울을 향해 섭니다. 내 얼굴과 몸을 한번 살펴볼게요. 혹시 서달 씨가 미소 씨를 얼마나 이해하는 것 같아요? 100%는 아닐 겁니다. 나를 100% 이해하는 것은 나 자신밖에 없어요. 부모님도 아니죠. 우리는 서로의 생각을 읽을 수가 없으니까요. 읽을 수 있다 해도 다 이해할 순 없을 거예요.

더군다나 몸은 어떨까요. 내 몸이 느끼는 것은 남들은 전혀 느끼지 못합니다. 누군가에게 뺨을 맞는다면, 오직 나만이 그것을 느낄 수 있어요. 내가 아닌 타인은 그 아픔을 상상하는 정도의 수준이죠. 반대로 미소 씨도 마찬가지예요.

이 말을 하는 이유는, 거울 앞의 내 몸이 얼마나 소중한지 알았으면 하는 바람에서입니다. 세상이 정해놓은 기준에는 조금 못 미쳐도, 내 얼굴만이 내가 원하는 것을 볼 수 있습니다. 보고 듣고 맛보고 냄새 맡고 피부로 느끼는 것, 얼굴에는 오감이 다 들어있네요. 내 얼굴은 내 감각의 전부입니다. 사랑해 마지않을 부분이죠. 누가 뭐라 하든 나는 내가 느끼고 싶은 것을 느낍니다.

내 몸은 어떤가요? 내 다리로만 걸을 수 있고, 내 이로만 음식을 씹을 수 있고, 내 소중이로만 섹스를 할 수 있습니다. 이 당연한 진실에 대해서 깊게 생각해 본 적이 있나요?

'자신을 사랑하세요' 라는 말은 수도 없이 들었을 당신에게, '자신' 이란 무엇이었나요? 사랑하는 방법은 또 무엇일까요.

간단해요. '자신'은 우선 내 몸입니다. 그리고 자위는 그 몸을 사랑하는 방법입니다. 다른 사람은 절대 내가 원하는 만큼 나를 사랑해 주지 않아요. 그동안의 섹스 경험을 떠올려보면 가끔 속이 답답할 때가 있었을 거예요. '아- 거기 그렇게 하면 별론데…' 하면서 말이죠. 하지만 자위는 어떨까요? 내 몸을 내가 원하는 만큼 몇 시간이고 만져 줄 수 있습니다. 내가 만족할 때까지 진심으로 최선을 다 하죠. 오- 그리고 보니 자위라는 거 생각보다 괜찮은 녀석인걸요?

자, 정면에 보이는 내 몸을 찬찬히 들여다보세요. 새침한 가르마를 두고 매일 땅따먹기 놀이를 하고 있는 머리카락이 보이네요. 그리고 이마, 눈썹, 눈, 코, 빰, 귀, 입, 턱, 관자놀이 등. 한번 만져보세요. 세수하듯이 만지지 마시구요. 고맙다는 인사하면서 천천히 터치합니다. 이렇게 말해 보세요.

나에게 세상을 보여줘서 고마워.
나에게 향기를 느끼게 해 줘서 고마워.
나에게 맛있는 음식을 먹게 해 줘서 고마워.
아름다운 소리를 듣게 해 줘서 고마워.

정말 고마워요. 하나라도 없다고 생각해 보세요. 상상만 해도 아찔하죠. 이렇게 조금 쑥스럽지만 내 몸의 부위 하나하나와 대화하는 시간을 가져 볼 겁니다. 몇 십 년 동안 대화해 본 적이 없잖아요. 다음으로 몸으로 내려가 봅니다. 마찬가지로 이야기해 보세요.

나를 걷게 해줘서 고마워.
엉덩이야, 앉을 때 네가 커서 너무 폭신해.
가슴이 이렇게 풍만하다니. 내가 봐도 탐스러워.

다른 건 몰라도 여기 하나만큼은 너무 예쁘다.

간아 미안해. 술 너무 많이 먹었지. 와인을 너무 좋아해서.

배꼽아 네 기능은 뭐니?

어 여긴…. 잘 안 보이네?

잘 안 보이는 그곳이 당신의 소중한 음부입니다. 소중이. 안 보이죠? 그게 바로 서달 씨와의 차이점이에요. 서달 씨는 아마 볼일을 볼 때마다 자신의 소중이를 만지고 느낄 겁니다. 툭 튀어나온 구조 때문에 자연스럽게 어린 시절부터 그래왔어요. 하지만 여자는 그렇지 않죠. 여기에 우리가 정말 거울을 봐야 하는 이유가 있어요.

거울 앞에 편안한 상태로 다리를 벌리고 앉아보세요. 산부인과 의사가 아마 미소 씨보다 더 많이 소중이를 만났을 거예요. 하지만 다행인 건 여긴 산부인과 의자가 아니에요. 아주 편안한 나의 침실이죠. 그리고는 한번 쳐다보세요. 어떻게 생겼나요? 털이 많아서 잘 안 보인다구요? 두 손으로 살짝 털을 걷어 보세요. 구불구불한 맨드라미 꽃잎처럼 생겼네요. 정말 꽃잎 같아요. 중간 부분을 살짝 양쪽으로 벌려보면 질의 입구가 보여요. 이 부분은 성감대가 좋은 편입니다. 기억해 두세요.

또 꽃잎의 윗부분을 두 손으로 조금 눌러 벌려보세요. 앙증맞은 클리토리스가 보입니다. 좀 더 걷어낼수록 잘 보여요. 아 이렇게 생겼군요. 가장 성감대가 높은 부분입니다. 자 그 다음엔 몸을 낮쳐 항문도 한번 보세요. 유연하다면 보실 수 있을 거예요. 생각보다 귀여울 거예요. 풋 하고 웃어보세요, 소중이와 항문이 함께 움직일 거예요. 항문은 꼭 풍선꼭지처럼 생겼네요. 이 주변에 성감대가 있는 사람도 있어요.

자 이제 거울 앞에서 섹스할 때 내 자세들을 한번 구경해 볼게요. 이왕 탐험하는 거 내 몸짓이 어떤지 해 보면 좀 더 재미있을 겁니다. 바닥에 누운 채 다리를 벌리는 자세. 무릎을 꿇고 내가 남자 위에 앉는 자세. 그대로 두 손 멀리 짚어 고양이 자세. 옆으로 누워서 하는 자세 등 기억나는 것들을 시도해 보세요. 가슴, 머리카락, 얼굴 혈색 같은 것의 모양이 변하는 것도 느껴 보세요. 자, 이제 다 됐으면 일어나서 내 뒷모습을 보며 마칩니다. 등허리부터 엉덩이까지 쭈욱- 훑어보시고 엉덩이를 손으로 톡톡 쳐주세요. '잘 할 수 있어.' 말하면서요.

4. 침대에서

이제 자리에 누우세요. 내 몸에 대해 눈으로 보는 탐색이 끝났어요. 이제는 촉감이 그 자리를 대신할 거예요.

자위에서 주무기는 촉감, 부무기는 상상력이다.

위의 말을 잘 기억해 주세요. 먼저 부무기부터 가동시켜 볼까요?

상상력입니다. 실제 섹스는 한정적이에요. 주로 한 사람이랑만 해야 하고, 정해진 장소이며, 패턴도 비슷하죠. 하지만 상상력은 요물입니다. 지구 반대편으로 날아 갈 수도 있어요. 자유롭죠.

자 같이 상상의 나래를 펼쳐 볼까요. 시간과 장소를 정하세요. 내가 가장 좋아하는 계절은 무엇인가요? 시간대는 아침이 좋나요 저녁이 좋나요? 장소는 어디가 좋나요? 저 멀리 바다가 보이는 멋진 풀 빌라 펜션은 어떠세요. 주변은 매우 고요합니다.

상대는 누가 되어야 할까요? 서달 씨를 떠올리면서 흥분이 된다면 서달 씨를 떠올리세요. 하지만 꼭 애인이 아니어도 괜찮아요. 자위는 상상이니까요. 심지어 여자와 하고 싶다면 오늘은 여자를 불러 보세요. 남자보다 섬세하고 여자 몸을 잘 알아요. 누구를 부르겠어요? 단, 떠올렸을 때 정말 매력이 넘치고, 당장 입맞춤을 하고 싶은 상대를 떠올리는 거예요.

상상력을 태운 기차가 칙칙폭폭 속도를 높여 갑니다. 멋진 장소에서, 매력적인 상대가 어떤 말을 건네나요? 평소 듣고 싶었던 최고의 칭찬을 넣어 보세요. 나의 평소 트라우마가 있던 부분이라면 더욱 더 힐링이 될 거예요. 나는 더욱 더 고양되고, 그와 더욱 밀착됩니다. 그의 입술에서는 내가 좋아하는 달콤한 향기가 나요.

어디를 먼저 만져 주면 좋을까요? 저는 개인적으로 얼굴을 두 손으로 어루만지면서 눈을 깊게 바라보는 것을 좋아해요. 눈동자에 빠져들 것만 같을 때, 키스가 시작됩니다.

키스가 싫다면 다른 걸 해도 좋아요. 뭐든지요. 어떤 친구는 좀 거친 것을 좋아하더라구요. 터프한 면을 보면 매력을 느끼나 봐요. 아마 성향 차이인 것 같아요. 남자가 자신을 거칠게 다루는 상상을 하면 흥분이 된다고 합니다.

괜찮아요. 상상이잖아요.

그가 내 손목을 묶어 침대에 고정을 시킨다든지 하는 상상도 좋아요. 그리고 그의 움직임에 맞춰 현실에서 내 손을 서서히 움직입니다. 입술도 키스하듯 움직여 보세요. 마치 눈에 보이는 듯 눈으로 연기를 해도 좋아요. 코로 숨을 깊게 들이마시며 그의 냄새를 상상해 보세요.

그러면 천천히 나의 몸을 그가 만지는지 내가 만지는지 모를 정도로 현실감이 생깁니다. 그는 내가 원하는 대로 해줄 거예요. 정말 오랜 시간 동안 천천히.

가슴, 쇄골, 허벅지, 배, 허리, 발가락 어디든 좋아요. 구석구석 만져 보세요. 세상에, 생각보다 신기한 곳에 나의 성감대가 있음을 발견할 거예요.

저는 치골 주변이 의외로 흥분이 되더라구요. 미소 씨는 어떤가요?

자 모든 흐름은 내가 주도하고 있고, 원하는 대로 계속 흘러갑니다. 내 몸을 좀 더 애태워 보세요. 유두가 성감대라면 그 주변을 간

질이다가 톡 톡 건드려 보세요. 흥분이 더 고조될 거예요. 그리고
흥분이 되었다면 소중이 근처까지 내려갑니다. 항문 주변도 만져
보세요.

자신의 성기와 대화를 나눈 적이 있나요?

없나요? 오늘이 기회입니다. 대화를 해볼게요. 나에게 가장 소
중한 곳인데, 대화를 평생 한 적이 없다니 너무했네요.

소중이를 살짝 벌려 보세요. 질의 입구가 촉촉할 거예요. 무엇을
원하냐고 물어보세요. 건드려 달라네요. 촉촉한 부분을 손가락 하
나로 물장구치듯이 건드려 보세요. 조금씩 더 흥분이 고조됩니다.
흥분한 소중이가 몇 십 년 만에 말을 텄습니다. 위 아래로 움직여
달라네요. 살짝 누르듯이 하여 위아래로 움직여 보세요. 애액이 묻
어 미끌거리며 위아래로 잘 움직여질 거예요. 그러다보면 가장 윗
부분의 클리토리스를 터치하게 됩니다. '딱딱해져 있다구? 놀라지
마. 클리토리스가 발기하는 거야. 예뻐해 줘. 좌우로 문지르면 흥
분될 거 같아.' 와-. 소중이가 이젠 매우 적극적으로 나오는 군요.

귀엽지 않나요? 소중이가 당신과 놀고 싶다고 하는 것 같아요.

자 이제 마음껏 즐겨 주세요. 흥분이 되는 만큼요. 계속 대화하
면서요. 손가락 한두 개쯤 집어넣어도 됩니다. 가운데 손가락 2마
디쯤 집어넣어 배꼽 쪽으로 살짝 구부려 보세요. 오돌토돌한 부분

이 있나요? G스팟입니다. 하지만 없다구요? 실망하지 마세요. 없는 사람도 있습니다.

만약 G스팟이 있다면 그쪽을 향해 조금 누르면서 비벼주는 등 자극을 해보세요. 홍분이 될 수 있는 만큼요.

한쪽 손이 할 일이 없다구요? 유두를 만지거나, 입속으로 손가락을 넣어보는 등 그가 해줬으면 하는 행위들을 해 보세요. 내가 발견한 성감대들을 하나씩 만져 주면 좋겠네요.

홍분이 많이 되었다면 움직임을 빨리해 보세요. 피스톤 운동보다 더 빠르게 해도 괜찮아요. 애액이 충분하다면 절대 다칠 일이 없어요. 혹시 애액이 부족하다면 준비한 러브젤을 이용해 보세요.

또 홍분을 위해 바이브레이터 등을 이용해도 좋아요. 내 몸이 원하는 것을 최대한 해 주세요. 혼자잖아요.

오르가슴이 왔나요? 충분히 기뻐하세요. 온 세상이 당신 것입니다. 오지 않았나요? 오지 않아도 괜찮아요. 반드시 느껴야 한다는 부담감을 버리세요. 처음에는 자기 몸을 제대로 만지는 습관만 들여도 좋습니다. 아마 정서적으로도 만족되는 느낌일 거예요. 어떤 사람들은 이 과정에서 눈물이 흐르기도 한다고 하네요. 자신과 진심으로 대화하며 또 다른 치유가 이루어지기 때문이에요. 오늘 소중이라는 좋은 친구도 생겼네요. 축하합니다.

5. 안아주기

잘 했어요. 내 사랑하는 몸을 만져주고 안아주는 일. 괜찮았죠? 그러면 두 팔을 벌려 내 몸을 꼭 껴안아주세요. 쑥스러우면 그럴 거라는 상상만 해 주어도 좋아요. 당신은 오늘 달라졌으니까요. 이 행복감을 느끼며 잠시 누워 있으세요. 잠들어도 괜찮아요. 푹 주무세요.

6. 알려주기

미소 씨. 이제 당신은 당신의 몸을 알았어요. 드디어 당신의 소중이가 활짝 웃고 있네요. 기분이 무척 좋아 보여요. 앞으로 더 알아 갈 거예요.

이 과정을 그대로 섹스에서 한다고 생각해 보세요. 상상 속 상대에게 원했던 것들이 바로 당신의 몸이 원하는 겁니다. 차근차근 서달 씨에게 알려줘 보세요. 어디를 어떻게 터치할 때 기분이 좋은지요. 그가 조금이라도 비슷하게 해 준다면 기분이 너무 좋지 않을까요.

그리고 이 방법을 서달 씨에게도 추천해 주세요. 그리고는 서달 씨의 것도 듣고 싶다고 말 해 보세요. 혹시 남자라고 다 야동을 보며 피스톤 운동을 하면 끝난다고 생각하나요? 그렇지 않아요. 남자들도 판타지를 가지고 있어요. 판타지를 다 실현할 수는 없겠지만,

적어도 원하는 터치 방법이나 분위기 등은 시도할 수 있을 거예요. 이것이 섹스를 위해 자위를 해야 하는 이유입니다.

미소 : "작가님도 처음부터 그렇게 하셨나요?"

미리: "아니요. 저도 바보 같은 방법으로 많이 했던 거 같아요. 강하고 빠른 방법으로요. 나중에는 감흥이 없어지더라구요. 내가 원하는 게 아니었던 거죠."

미소: "그렇군요. 저도 잘 할 수 있겠죠? 서달 씨와 한번 시도해 봐야겠어요."

미리: "그럼요. 처음부터 잘 하는 사람은 아무도 없어요. 오늘 잘 안되면 내일 다시 해 보세요. 느낌이 다를 거예요. 미소 씨. 자위를 해보니 어땠나요? 내 몸이 더욱 더 소중해지는 경험이었을 거예요. 이런 시공간이 멈추는 듯한 오르가슴을 느낄 수 있다니. 나라는 사람 대단하죠. 이건 외모랑도 전혀 상관이 없어요. 뚱뚱하고, 키와 가슴이 작고, 얼굴에 모공이 굉장히 커도 괜찮아요. 내 소중이는 그런 거 신경 안 쓰거든요. 앞으로 더 많이 자위하세요."

미소: "소중이는 그런 거 신경 안 쓴다라… 어쩐지 마음이 더 편안해지네요."

미리: "그럼요. 내 몸은 언제나 나를 사랑하고 있는걸요."

미소: "앞으로 내 몸을 더 사랑하도록 해야겠어요. 감사합니다."

미리: "축하해요."

● ● ◑

나의 XX도전기
[케겔 운동]

I. 고통

시간: 어느 자다 깬 밤.

공간: 방음이 잘 안 되어 아무런 신음 소리를 낼 수 없는 방.

우리의 관계: 내가 이별을 고한 상태. 그러나 다시 고려해 보고 있는 상태. 그래서 애틋함이 더해진 밤이었다.

그동안의 섹스: 그는 열정적으로 섹스를 탐구했고, 나에게 적용하려고 노력했다. 그러나 나는 그를 깊게 사랑하지 않았던 탓에 감정이 부족했다. 언제나 의무방어전처럼 섹스를 했다. 나는 내가 어려서 섹스에서 오르가슴을 못 느낀다고 생각했다.

그날의 섹스: 적당한 애무 후, 삽입만 하던 그가 나의 가슴

을 집중적으로 애무했다. 평소에 하던 것보다 더 많이. 그리고 삽입과 함께 가슴을 같이 애무해 주었는데, 굉장히 자극적이었다. 그 상태를 한 3-5분 정도 지속하니 오르가슴이 왔다. 충격적인 느낌이었다.

- 그날이 마지막이었다. 이후 6년간 오르가슴을 느끼지 못했다. 따라서 섹스는 나에게 때로는 고통이었고 인내의 시간이었다.

사람마다 힘들면 가장 먼저 아픈 부위가 있을 것이다. 누구는 위가 아프고, 누구는 머리가 아프다. 나는 그것이 자궁이었다. 나는 시시때때로 하혈을 했다. 대학 공부와 취업의 스트레스, 그리고 집안의 위기까지 모두가 스트레스였다. 이것이 나의 자궁에 큰 영향을 주었다.

스트레스가 더 많던 중고등학교 때는 생리가 정말 공포였다. 소리를 지르며 바닥을 굴러다니고 기절 직전까지 갔다. 아프면 아무나 붙잡고 애원했으니 학교에서 생리통으로 유명세까지 탈 정도였다. 수능 때는 밑에서 정말 토하듯이 뭔가 울컥울컥 시험 내내 쏟아져 나왔다. 생리인가? 확인해 보니 허연 냉이었다. 팬티가 냉으로 계속 축축했고 언어영역, 외국어영역을 치르며 쉬는 시간마다 화장실에 가서 휴지로 냉을 닦아내야 했다. 아 나는 자궁이 추워도 이렇구나. 그때는 내 자궁이 얼마나 약한지 잘 몰랐다.

25살 어느 날 생리가 멈추지 않더니 한 달 내내 이어졌다. 병원을 찾았다. 의사 선생님께서 자궁 안에 심하게 많은 용종(작은 혹)

이 포도송이처럼 달려있다 하셨다. 이것이 자궁 내막을 두껍게 해 내막들이 흘러내리며 하혈하는 것이라 했다. 호르몬과 스트레스가 원인이라 하셨다.

그래서 그 포도송이 제거 수술을 하는데, 너무 무서웠다. 산부인과의 굴욕의자에 앉아서 죽었다 생각하고 잠들었다. 자고 깨니 의사 선생님께서 시험관에 든 내 혹들을 흔들어 보여 주시면서 의사 생활 평생 이렇게 많은 용종은 처음이라 하셨다. 주먹만큼 나왔다 하시며 본인도 놀란 표정이었다. 앞으로 계속 피임약을 먹는 게 도움이 될 거라며 재발 가능성이 크니 스트레스 관리에 유의하라 하셨다.

이후 이와 관련된 수술을 몇 차례나 더 했다. 이 기간에 연락하고 지내던 중학교 동창 친구에게 수술에 대해 말했다. 그랬더니 그 친구는 미리가 도대체 무슨 일을 하고 다니길래 그런 병에 걸리냐는 식으로 고향 친구들에게 내 소식을 물었다고 한다. 정말 기가 막힐 노릇이었다.

하지만 내 수술에 대한 이야기가 그 애와 나의 관계를 결정짓는 테스트가 되었다고 생각한다. 만약 내가 말을 안 했다면 우리 관계는 여전했겠지. 나에 대해 이렇게 이야기할 사람이었다면 진작 알아차린 것이 다행이었다.

이런 저런 과정을 거치며 마음은 더 단단해졌지만, 잦은 수술로 인해 자궁 쪽은 쇠약해져 갔다. 이후에도 생리통이 너무 심해 한의원에서 한약도 두 차례 먹었다. 그랬더니 차차 몸이 따뜻해졌다.

하지만 관계 시 안 좋은 증상이 생겼다.

1. 관계 시 질에서 방귀 뀌는 소리가 났다.
2. 충분히 흥분했다 생각했을 때도 가끔 아팠다. 피가 자주 났다.
3. 내 기준에 제법 큰 성기를 가진 남성이, 질이 많이 조이지 않는다 했다.

3번은 꽤나 슬펐다. 창피함에 너무 화가 나서 그를 몰아세웠다. 네 성기 모양이 나랑 안 맞아서 그런 거라고. 나도 이상하게 너무 아팠다고. 그를 원망했지만 난 알고 있었다. 내 상태가 좋지 않음을. 사실 1번 2번은 그러려니 했지만 3번은 너무 심각하게 다가왔다. 그의 솔직한 발언이 더 충격적이었다.

"아팠다면 미안하지만, 별 느낌이 나지 않아서 일부러 질 벽에 부딪혀서 느껴 보려고 노력한 거야."

그래. 그래서 내가 아팠던 거구나. 너무 속상했다. 그래서 내가 일방적인 섹스라고 느낄 수밖에 없었구나. 그의 말을 듣는 내내 쏟아져 내리는 눈물 속에는 분노와 고민과, 내 몸에 대한 연민이 뒤섞여 있었다. 가여운 나. 어쩌다 이렇게 됐을까.

나는 정말 갖은 방법을 알아보았다. 내 몸을 향상시키려면 어떻게 해야 하는지. 질축소술부터 여러 가지 방법들이 있었다. 하지만 질축소술을 하고 나서 너무 좁아진 질 때문에 불편해진 환자의 사례를 책에서 읽었다. 지금 수술을 하기에는 너무 어린 나이라 생각했다. 무엇보다 어떤 이유로든 더는 몸에 칼을 대고 싶지 않았다.

2 케겔 운동

그래서 운동을 택했다. 그것은 바로 케겔 운동이었다. 지금부터 이야기할 내용은 지극히 나의 경험담이며, 다양한 문제해결 방법 중 하나임을 밝힌다. 상황에 따라 수술이나 그 외의 방법을 선택하는 것은 자신의 몫이다. 아무런 상업성도 없으며 그렇기에 지인이 아니면 아무에게도 정보를 알려 주지 않을 것이다. 내가 택한 이 방법은 여성전문의의 저서인 『우리가 잘 몰랐던 사랑의 기술』에도 있는 방법이다. 하지만 상세한 경험담이 아닌, 이런 제품이 있다 정도의 소개였다. 따라서 나는 내 경험담을 독자들을 위해 풀어 놓고자 한다.

나는 몸을 다시 좋게 만들기 위한 운동 기구를 찾아보기로 했다. 각종 정보를 찾아 본 후 나에게 맞다고 생각하는 곳에 전화했다. 그리고 위와 같은 고민을 말했다. 그들은 방문상담을 해 준다고 했다. 일단 실행하니 과정은 척척 진행되었다. 그리곤 지금도 기억나는 '충격의 방문 상담' 날이 다가왔다.

충격의 방문상담

머리를 단정히 묶은 40대의 여성 상담선생님이 오셨다. 뭘 잔뜩 싸들고 오셨는데, 내 몸을 테스트 해 보겠다 하셨다. 그리고는 눈앞에 하얀 알 5개가 담긴 상자를 열어 보이셨다. 엉덩이 쪽에 실이 뿅 달린 것이 마치 정자 모양 같기도 했다. 케겔 콘이라 하셨다.

"왼쪽부터 가벼워요. 5번째 알이 가장 무거운 겁니다. 우리는 가장 가벼운 1번째 알로 테스트를 하겠어요. 소독해 줄 테니 화장실에 가서 질 안에 집어넣으세요. 손가락 한두 마디가 들어갈 정도로 깊이 넣으셔야 해요. 그리고 화장실 문부터 제가 있는 곳까지 걸어오세요."

"이걸 집어 넣…. 네 알겠습니다."

화장실에서 쭈그린 자세로 낑낑대며 넣어 보았다. 그리고는 영차- 일어났다. 이내 당황스러움이 찾아왔다.

'아 어떻게 걸으라는 거지? 흘러내릴 것 같은 기분인데…. 일단 나가보자.'

그렇게 한 걸음 반 정도 내딛는 순간 하얀 알이 맥없이 스르르 흘러내렸다. 당혹스러움에 스스로 합리화하면서 말했다.

"선생님 이거 처음에는 다 이런 거죠? 하하."

"아니요. 질압이 많이 낮으시네요. 운동하셔야 될 것 같아요. 제가 볼 땐 케겔콘만으로는 안 될 것 같습니다."

"그럼 뭐가 또 있나요?"

"전기운동기구가 있어요. 전류를 흐르게 해 질벽을 자동적으로 수축하게 하죠. 그리고 성감 증대에도 효과가 좋아요. 또 이 한약재로 만든 한약 알약은 질 내 새살을 채워 줍니다. 오돌토돌한 표면을 만들어 줘요. 금색 은색으로 이루어진 하얀 알약과 함께 써서 용해시킵니다. 그리고 마지막으로 이 삽입형 쑥찜기는 자궁을 따뜻하게 해 주어 혈액순환을 도와줍니다. 냉을 제거하는 데도 좋아요. 특히 성감을 올려주는 데 좋죠. 아래를 따뜻하게 해 주는 좌욕의 원리와 같은 것입니다."

"한번 해 볼게요."

내 몸 자존감 높이기

참고로 나는 옷도 가방도 잘 안 산다. 헤어샵도 잘 안가고 네일아트도 안 받는다. 피부샵도 안가며 몸치장에는 관심이 없다. 화장도 10분 만에 뚝딱 해치우는 스타일이다.

하지만 이번엔 달랐다. 나는 처음으로 내 몸에 투자하고 싶었다. 이대로 헐거워진 질로 관계를 하면 내 자존감만 낮아질 것 같았다. 비용이 만만찮았지만 나를 위해 비싼 옷과 가방이 아닌 다른 선물을 했다고 생각했다.

그날부터 운동을 시작했다. 난 헬스를 끊어놓고 한 번도 제대로 다닌 적이 없었다. 그러나 너무 간절하게 내 몸을 회복하고 싶었던 탓일까? 달력에 꼼꼼히 표시하면서 거의 매일 빠지지 않고 운동했다. 그렇게 1년이 넘도록 했다. 여행을 가도 싸들고 다닐 정도로 열정적이었다. 벌써 8년여의 세월이 지났지만, 지금도 가끔씩 운동을 해 주며 질압을 체크한다.

매일 했던 운동 및 효과

① 케겔 콘 운동

가장 가벼운 하얀 알부터 시작. 침대에서 다리를 벌려 질 속에 집어넣고 일어난다. 그리고 서서 그것이 흘러내리지 않도록 애쓰는 것부터 운동의 시작이다. 다음은 10초씩 콘을 질로 붙잡는다 생각하고 꼭 잡아 본다. 잠시 쉬었다가 10초씩 반복한다. 익숙해지면 시간을 30초 등으로 늘려 본다.

이는 질의 잡는 힘을 키워준다. 출산 후에 이 운동이 매우 효과가 있고, 요실금 치료에도 쓰인다.

처음에 흘러내리던 그 하얀 알을 기억한다. 그러나 6개월~1년이 지난 후에, 나는 가장 무거운 5단계의 알을 몸에 장착하고 신림에서 신촌까지 출퇴근했다. 걸을 때 그 무거운 것이 흘러내리지 않았으며, 나중에는 손으로 빼내려 해도 힘들 정도가 되었다. 이건 근육 운동이었고, 마치 질이 으랏차차 헬스하는 것 같았다.

무엇보다 소변을 잘 참지 못했던 내가 엄청 오랜 시간 동안 소변을 잘 참게 되었다. 밤에 무조건 일어나 소변을 보던 내가, 평생 처음으로 단 한 번도 깨지 않고 꿀잠을 잘 수 있었다. 결론적으로는 질의 힘이 굉장히 좋아졌다. 한 번도 듣지 못했던 말을 결국 듣게 되었다.

"굉장히 조이네, 느낌이 너무 좋다. 처음에는 힘을 좀 풀어줘 삽입이 조금 힘들어."

조였다 풀었다 하며 내가 삽입을 조절할 수 있게 되었다.

② 궁단 + 금색 은색 알들

테스트 때 만져본 질 벽. 미끄덩하고 아무런 느낌이 없었다. 편평했다. 그냥 다 이런 거구나 싶었다. 그러나 이 한약재로 만든 알약을 사용한 후, 질 벽이 신기하게 변했다. 마치 천엽처럼 오돌토돌하게 변했다. 거끌거끌한 느낌이 들 정도로. 촘촘한 빨래판 같달까. 살이 채워진다는 것이 이런 느낌인가 싶었다. 질의 피부 관리를 하는 느낌이었다. 이렇게 질 미인이 되어 가는구나 싶은 마음에 기분이 좋았다. 어느 날 묻지도 않았는데 남자친구가 내 질 안에 무언가가 있어서 자신의 사랑이를 기분 좋게 자극한다고 했다. 이렇게 남성의 성기가 들어왔을 때 자극하기 좋을 뿐더러, 내가 느끼는 부위도 더 예민해졌다.

③ 전기운동기구

하얀 알과, 이 기구는 반영구적이다. 소모품이 아니기 때문이다. 그래서 출산 후에도 다시 운동하곤 한다고 한다. 싱가포르 병원에서는 의료기구로도 쓰인다.

방법은 먼저, 엄지손가락 길이의 핑크색 부분을 질에 삽입한다. 그리고는 자극을 조절한다. 대개 3단계부터 시작하는데, 성감을 높여준다. 어떤 분들은 이 기구를 통해 오르가슴을 느끼기도 한다고 한다.

나는 3단계는커녕 5단계쯤에서나 아주 미세하게 전자파를 느낄 수 있었다. 그러나 매일 반복한 결과, 3개월 후쯤 1단계에서 모든 질이 꿀렁꿀렁거리는 경험을 하게 되었다. 가끔 피곤해서 몸이 좋지 않을 때는 1단계에서 아무 느낌이 없었다. 2단계나 3단계를 해야만 전자파가 느껴졌다. 하지만 나중에는 몸이 좋지 않아도 최소 2단계를 넘어가지 않았다. 성감이 좋아지고 오르가슴을 느끼게 되었다.

전자파 자극뿐 아니라 게임의 형태로 케겔 운동을 재미있게 할 수 있었다. 전광판에는 귀여운 캐릭터가 있는데, 내가 힘을 줄 때마다 같이 인상을 찡그린다. 재밌게 즐기면서 특정 시간 간격으로 케겔 운동을 하도록 도와준다.

④ 찜질기

쑥 등으로 만든 동그랗고 까만 알약 제품을 손가락 두 개 두께의 찜질기 안에 넣고, 기구를 삽입하여 질 안을 따듯하게 하는 것이다. 1시간여 정도 찜질을 하는데, 자궁 속까지 따듯해지는 기분이 든다. 개인적으로 쑥향을 좋아해서 편안한 느낌이 들었다. 이렇게 찜질을 하면 나도 모르게 잠이 스르륵 들 때가 있는데, 깨어나서 몸이 그렇게 개운할 수가 없다.

나중에 기구를 빼서 보면, 내 몸에 차갑게 존재했던 냉들이 몽글몽글 맺혀 있다. 몸을 따뜻하게 해 주어 자궁 및 질 건강 증진에도 도움이 되고, 성감도 좋아졌다.

혼자 할 수는 없나?

대개 혼자서 시작하는 사람들이 실패하는 이유는, 어떤 부위를 어떻게 조이고 풀어야 할지 몰라서라고 한다. 본능적으로 질을 조이는 방법을 아는 여성은 혼자 하는 것도 가능하다고 생각한다. 아니면 손가락을 넣어 질압을 스스로 확인해 보며 조이는 연습을 하는 것도 가능하다. 하지만 그것이 두렵다면 케겔 콘으로 도전해 보길 추천한다.

나는 이동할 때, 쉴 때, 심심할 때 등 자투리 시간에 운동을 한다. 어느 정도 시간이 지나면 기계가 없어도 어떤 부위를 움직여야 하는지 알기 때문이다. 지금도 이 글을 작성하면서 계속 케겔 운동에 대한 생각을 했기 때문에, 쉬는 시간 수시로 운동했다.

혼자 하는 것이 가능하다면 조이고 있는 시간을 가능한 한 오래 해 보길 추천한다. 처음에는 10초도 어렵지만 나중에는 1분이나 그 이상도 가능할 수 있다. 나는 대체로 3초씩 조였다 풀기를 10회 정도 반복하다가 1분여 정도 지속하는 연습을 한다.

지루한 강의를 들을 때나, 상사의 잔소리를 들을 때 하면 이보다 더 유용한 킬링타임 운동이 없을 것이다. 심지어 보이지도 않으니까 속으로 유쾌함을 느낄지도.

결과

오르가슴을 한 번에 3번은 기본으로 느꼈을 뿐더러, 최대 5-6번까지 느낄 때도 있었다. 물론 파트너와의 호흡이 좋았지만, 그 파트너는 처음에 나와 성관계 문제로 서로 심한 소리를 하며 상처를 주었던 사람이었다. 그리고 평소에도 질이 갑자기 움찔움찔하며 움직이는 신기한 느낌이 왔다. 마치 산낙지 한 마리가 밑에 살고 있는 것 같았다.

인위적인 수술 대신에 운동을 택한 것은 정말 잘한 일이었다. 늘어진 몸을 다듬어 탄력적으로 만들어 놓으니, 나 스스로 만족스럽다는 것이 가장 큰 기쁨이었다.

내가 살면서 가장 잘한 일을 딱 세 가지 꼽자면

1. 학창시절에 정말 하기 싫었던 공부를 포기하지 않은 것
2. 노래를 배우며 실력을 꾸준히 향상시킨 것
3. 케겔 운동을 한 것

이 세 가지는 나의 성장이었다. 공부는 나를 더 성장시켰고, 지금 글을 쓰는 것에도 많은 도움을 주었다. 특히 인내심을 기르는 데 크게 기여했다. 하고 싶은 것들을 모두 제쳐두고 무언가에 몰두한다는 것은 어려운 일이다. 기회비용을 감수해야 하기 때문이다.

두 번째로 노래를 배운 것은 나의 인생을 송두리째 바꿔놓았다. 수동적인 삶에서, 내가 원하는 노래를 할 수 있는 방향으로 모든 것을 이끌어 갈 수 있는 힘을 갖게 되었다.

마지막으로 케겔 운동은, 여성으로서 마땅히 누려야 할 성적 즐거움을 최대로 누리게 해 주었다. 쾌락을 추구할 수 있는 것은 인간의 특권이며, 심지어 남성보다 여성이 느낄 수 있는 쾌락이 훨씬 크다. 남성은 주로 오르가슴을 1번 이상 느끼기 힘든 반면 여성은 여러 번씩 느낄 수 있도록 태어났기 때문이다. 케겔 운동은 나를 좀 더 나로 살게 해 주었다.

Q. 인생을 주체적으로 사는 것이 잘못된 일인가, 수동적으로 사는 것이 슬픈 일인가.
Q. 여성이 성을 즐기는 것이 부끄러운 일인가, 즐기지 못하는 것이 슬픈 일인가.

나의 경험으로 미루어 보건데, 당연히 성을 즐기며, 인생을 주체
적으로 사는 것이 더욱 당당하고 기쁜 일이다. 많은 사람들이 이런
기쁨을 포기하며 사는 것 같아 안타깝다. 나는 이제 늦었다고, 그
냥 다 내려놓았다고 한숨 쉬며 말한다. 그들의 얼굴은 늘 그늘져
있다.

하지만 늦은 것은 없다. 나처럼 몸이 좋지 않아 수술한 사람도,
임신으로 인해 질이 헐거워진 사람도, 애인과 성적으로 맞지 않아
괴로운 사람도, 성적으로 다시 아름다워질 수 있다. 그것이 가능하
지 않다고 하는 사람은, 남들처럼 인생을 살라고, 수동적으로 남이
시키는 대로 살아가는 것이 옳다고, 남들이 하지 않는 행동은 스스
로를 힘들게 하는 것일 뿐이라고 세뇌시키는 것과 같다. 우리는 모
두 특별해질 권리가 있다.

특히 성적으로 성숙하고, 자기를 사로잡은 애인을 만난 사람은,
애인의 외모, 나이, 몸매, 직업 등을 깊게 따지지 않는다. 아무리 다
른 것이 충족된 사람을 만나도, 성적인 만족을 대체해 줄 사람은
쉽게 나타나지 않기 때문이다.

그래서 나는 외모에 투자할 노력과 시간을 자신의 질에 투자해
보기를 추천한다. 남녀 관계에서 성의 중요성을 깨달은 사람이라

면, 이것이 지금 연인과의 관계를 얼마나 튼튼하게 해 줄 수 있을지 알 것이다. 또 나아가서 어느 누구를 만나더라도 만족스러운 관계를 가질 수 있다는 생각에 당당해 질 수 있을 것이다. 케겔 운동, 오늘 바로 시작해 보길 바란다.

● ● ●

애무,
사랑의 춤

하나: 눈
"그대와 나의 눈은 영혼을 담고 있는가"

어느새 날아와 내 곁에 앉은 빨간 낙엽은, 곧 다시 돌아오겠다는 나무의 영혼이 남긴 편지이다.

미소를 바라보는 서달의 웃음이 파란 하늘처럼 아름답다. 그의 눈이 영혼을 투명하게 보여주고 있다. 바닷가에 앉아서 나누었던 많은 이야기들이 그들은 더욱 가깝게 만들었다.

서달에게 이렇게 진실된 마음으로 자신을 바라봐 주는 사람은 미소가 처음이다. 지금 당장은 서로를 완벽히 알지 못하지만, 나를 더 알아가고 싶다는 그녀의 관심이 보인다. 미소 또한 그의 진중한 삶의 자세와, 누구보다 그녀를 향한 진지한 마음을 느낀다. 그들은 하얀 침대에 마주 앉아 서로를 바라본다.

불현듯 미소는 온몸에 소름이 돋는다. 그가 자신을 꿰뚫어보는 듯한 기분에 벌거벗은 기분이 들었기 때문이다. 하지만 피하지 않는다. 그의 길고 깊은 눈매를 찬찬히 살피며 미소 짓는다. 영혼의 교감이 시작된다. 둘은 말하지 않고도 서로의 사랑을 느끼고 있다. 서달은 따뜻한 느낌에 심장이 사르르 녹는 기분이 든다. 영혼의 포옹이다. 육체는 안고 있지 않은데 이상하게 그보다 더 따스하다.

한참을 바라보고 있자니 눈물이 나올 것만 같은 이상한 기분이 든다. 꼬옥 껴안은 두 사람에게는 천사처럼 날개가 생겨 괴로웠던 과거와 불안한 미래로부터 아주 멀리 날아와 버렸다.

서달: "고마워 내가 부족한데도 떠나지 않고 옆에 있어줘서."

미소: "아니야. 오히려 내가 고마운걸. 안아줘."

당신 육체는 영혼을 담는 그릇이다. 눈은 영혼을 비추는 거울이다. 아무것도 볼 수 없는 텅 빈 눈을 본 적이 있는가? 그렇다면 그 공허함이 주는 외로움을 잘 알 것이다. 느낌 없는 까만 눈동자는 그저 블랙홀처럼 모든 것을 소멸시킨다. 서로 다른 생각 속에 우리는 낯설 뿐이다.

빈 그릇이 부딪혀 요란한 소리만 내듯, 텅 빈 육체를 아무리 부대껴봤자 시끄러운 교성만 허무하게 메아리칠 것이다.

궁극적으로 우리는 외롭지 않기 위해 이기적인 마음에서 사랑을 한다. 하지만 아이러니하게도 이기심을 채우기 위해서 이타심을 갖지 않으면 아무도 나를 사랑하지 않는다. 완벽하지 않은 나와 너를 인정하고, 부족함을 사랑하는 눈으로 서로를 바라보자. 그것이 애무의 시작이다. 섹스를 하기 위해 잠시 그런 척 하는 것은 의미가 없다. 평소 서로를 바라보는 시선을 따스히 하는 것이 그 시작이다. 그것이 어렵다면 최소한 나를 외롭지 않게 해 주는 고마운 사람이라는 마음이라도 가져보자.

그러니 애무는 하루 전, 한 달 전, 심지어 만나는 그 순간부터 시작된다 하여도 과언이 아니다. 여기에 서로를 얼마나 원하는지 말해 준다면 완벽한 섹스의 시작이 될 것이다.

둘: 손끝

"어떻게 만질 것인가
어떻게 만져 달라 할 것인가."

표면 장력이 생길 때까지 컵에 물을 가득 담아보자. 넘칠 듯 말 듯 물의 표면이 위태롭다. 이제 당신의 검지손가락 끝을 물 위에 갖다 대 보자. 손끝이 모두 잠겨서는 안 된다. 지문에 살짝 물을 대 본다 생각하고 손가락을 물 표면에 갖다 대보자.

그리곤 물이 절대 흘러넘치지 않도록 조그마한 원을 그려보자. 빙글빙글 돌리며 계속 원을 그려 보자. 매우 정교한 카메라가 당신의 손끝과 물을 아웃 포커싱하여 비추고 있다.

이 동작을 할 수 있게 되었다면, 당신의 파트너가 물로 만들어진 사람이라고 생각하고 물을 만지듯 만져 보자. 아마 온몸의 솜털 끝을 만질 수 있을 것이다.

조심스럽게 만지다

여기에 영혼이 가득 담긴 눈동자가 더해져 있다면 감정의 깊이가 더해질 것이다.

서달은 미소의 볼을 쓰다듬는다. 누구보다 아름다운 미소를 가진 그녀의 입술도 매만진다. 어떻게 이런 사람이 내게 왔을까. 눈앞에 펼쳐진 새하얀 그녀의 피부는 하얀 목화솜처럼 보드라워 보인다. 그는 아름다운 풍경을 보듯 그녀를 감상한다. 자신의 거친 손이 혹시나 그녀의 부드러운 살을 놀라게 하지는 않을까 조심스럽다.

그의 손길에 미소는 감동을 느낀다. 경험이 부족한 서달이지만, 지금 이 손끝에서 오는 이 떨림에서 자신을 사랑하는 그의 마음이 느껴지기 때문이다.

얼굴, 손, 어깨, 다리부터 해서 조금씩 가운데로 손길이 간다. 그 길을 따라 그녀의 감정도 조금씩 고조되기 시작한다.

특히 그가 목과 쇄골 쪽을 만질 때 자기도 모르게 온몸이 움찔하는 느낌을 받았다.

미소: '아 이런 게 섹스 하는 기쁨이구나. 나도 몰랐던 성감대를 찾게 되는 즐거움이 있어.'

그가 가슴을 애무할 때는 머릿속에 폭죽이 터지는 것 같았다. 유두가 예민한 부분인데다 그가 터치하는 방법이 전과 달랐다. 나를 매우 조심스럽게 다룬다는 느낌에 더욱 기분이 좋았다.

미소: '내가 나를 만질 때와는 또 다른 흥분인데? 정말 좋아.'

이윽고 배꼽을 지나 허리, 엉덩이 등 온몸을 천천히 탐험하는 그의 손길에는 인내심마저 느껴졌다. 어느새 그의 손끝은 그녀의 속옷 바깥쪽에서 똑똑 문을 두드리듯이 미소의 성기를 쓰다듬고 있었다. 미소가 만져도 된다는 듯한 웃음을 서달에게 보내자, 그는 속옷 안으로 손을 집어넣어 손바닥 전체로 마사지하듯 만진다.

미소는 자신의 몸을 자위했을 때 좋았던 방법을 그에게 알려 주었다. 그러자 그가 똑같은 방법으로 해 주는데 혼자 자위했을 때보다 더 흥분이 되는 느낌이었다. 서달이 자신이 해 달라는 대로 움직여 주니 원하는 것을 말하는 게 점점 편안하게 느껴졌다.

미소: "이렇게 하니까 너무 좋다. 조금 더 위쪽이야."

둘은 미소의 몸이 가고 싶어 하는 미지의 섬을 향해 같이 열심히 노를 저어 가는 뱃사공이 된 느낌이다.

이제 차례를 바꾸어 미소도 서달을 꼭 껴안는다. 그리곤 과감하게 오른손을 뻗어 그의 소중한 곳을 쓰다듬는다. 손가락 끝을 모아 계란을 쥐듯이 살짝 쥐었다가 스윽 풀어주기를 반복한다.

미소: "어떻게 해 주는 게 가장 좋아?"

서달: "응. 조금 더 살살 다루어 줬으면 좋겠어."

그녀는 웃으며 그의 가장 아랫부분부터 매우 천천히 쓰다듬는다. 마치 손으로 글자를 쓰듯이 그의 성기를 손으로 애무한다. 그의 표정에 따라 속도를 올렸다 내렸다 조절한다. 그들은 계속 대화하며 서로의 몸을 탐험한다.

서달은 웃으며 두 팔을 벌려 미소를 품안에 꼬옥 껴안는다.

서달: "너랑 이렇게 얘기 나누니까 너무 좋다."

미소: "나도. 서로 뭘 좋아하는지 알 수 있는 거 같아."

기분 좋은 흥분감과 함께 잠시 시간이 멈춰도 좋겠다는 느낌에 빠진다.

셋: 입술과 혀

"맛있는 음식을 먹을 시간이야."

키스는 어디에 하느냐에 따라 다른 의미를 담고 있다.

머리
당신에게 반했다는 뜻

코
당신에게 행운이 가득하길 바란다는 뜻

눈
당신에게 감사한다는 뜻

볼
당신을 정말 좋아한다는 뜻

이마
변치 않는 사랑을 약속한다는 뜻

입술
당신을 사랑한다는 뜻

당신의 입술은 이 의미를 잘 전달하고 있는가?

나의 한쪽 팔을 걷어, 입술을 갖다 대 보자. 너무 거칠지는 않은지, 어떤 느낌인지. 좋은 섹스를 위해서는 입술을 잘 이용해야 한다. 살갗에서 어느 정도 입술을 떼야 가장 느낌이 좋은지 연습해 보자.

주로 입술 안쪽 점막이 있는 쪽을 활용하면 좋다. 입술을 '우' 모양으로 만들어 보자. 그리고는 립스틱이 지워지지 않게 아이스크림을 먹는다는 생각으로 나의 팔을 먹는 시늉을 해 보자. 느낌이 어떤가? 좋은 느낌을 찾을 때까지 연습해 보자.

또 혀의 오돌토돌한 표면을 넓적하게 만들어 살짝 갖다 대 보자. 혀끝을 아랫니 뒤쪽으로 살짝 구부리면 가능하다. 혀끝을 뾰족하게 만들어 자극하는 것과는 다른 느낌이 들 것이다. 어떤 것이든 많이 연습해 보면서 방법을 찾아보자. 본능적으로만 움직였을 때보다, 훨씬 더 만족스러운 결과를 얻을 수 있을 것이다.

솔직히 그와의 키스는 언제나 별로였다. 무작정 혀를 밀어 넣어 딥 키스를 시도했기 때문이다. 가끔 침이 줄줄 흐르는데 지저분하다는 기분마저 들었다. 차라리 그냥 그를 눕히고 내가 위에서 키스를 하는 것이 목을 따라 흐르는 침을 막을 수 있는 방법이었다. 침 세례를 막고 나면 어디서 배웠는지 늘 내 혀를 쭉쭉 세게 빨아 당겼는데, 혀를 뽑겠다는 건지 키스를 하겠다는 건지 모를 정도로 짜증이 날 때가 있었다.

오늘도 과연 그럴까? 싫은 마음을 들킬까 봐 괜히 키스를 피하게 된다. 하지만 이 분위기라면 솔직하게 말해 볼 용기가 생긴다. 나를 놓칠세라 꼭 껴안은 그가 너무 사랑스럽다.

'그래- 피하면 더 악화될 뿐이야. 이 관계를 더 제대로 만들어 보자. 처음부터 완벽할 순 없어. 싫은 점 말고, 내가 원하는 점을 중심으로 말해 보자.'

미소: 서달 씨, 오늘 나 너무 감동적인 거 있지. 당신의 터치 말이야. 너무 부드러워서 녹아내리는 줄 알았어.

서달: 정말? 사실 내가 너무 모르는 거 같아서, 공부 좀 했어. 책에서 읽은 걸 한번 시도해 봤지 하하.

미소: 무슨 책인데?

서달: 아직 비밀이야. 오늘은 그 책이 알려 준 대로 해서 좀 더 당신을 좋게 해 주고 싶어.

미소: 공부까지 했다니 감동인데? 그럼 혹시 키스하는 법도 배웠어?

서달: 후훗 물론이지. 내가 그동안 너무 거칠게 했지? 미안해- 잘 할 줄 몰라서 그랬어.

서달은 두 손을 벌려 미소의 얼굴을 감싼다. 그리고는 자신의 얼굴을 가까이 가져간다. 눈을 감는 미소. 기대에 부푼 채 키스를 기다리는데, 아무 소식이 없다. 스윽 눈을 떠보니 미소를 지으며 그녀에게 키스한다.

서달의 달콤한 키스 세례에 미소는 정신이 아득하다. 나를 위해 이렇게까지 노력하다니. 너무 사랑스러운 사람이 아닐 수 없다. 강하지 않은 키스지만 충분히 자극적이다. 사랑이 담겨 있기 때문이다. 얼마나 지났을까. 그의 입술이 목으로 옮겨 간다.

그의 키스가 손길이 한 번 지나갔던 길을 따라 천천히 걸어간다. 평소와는 다르게 좀 더 조심스럽고 자극적인 기분.

미소: "오늘 너무 기분 좋다."

서달은 미소의 칭찬에 더욱 기분이 좋아졌다. 그녀의 칭찬이 그에게는 또 하나의 애무였다. 그는 오늘 평소 강하게만 사용하던 입술 패턴을 바꾸었다. 심지어 미소에게 가기 전 혼자 팔에 대고 키스하는 연습을 했다. 그랬더니 어떻게 하면 기분 좋은 자극이 들지 감이 왔다.

평소 자극할 일이 없는 겨드랑이와 가슴 사이 움푹 들어간 곳, 척추를 따라서, 치골 안쪽 허벅지 안쪽, 무릎 뒤쪽, 손가락 사이, 팔이 접히는 부분, 연한 살

들 등을 골고루 자극해 보았다. 미소가 좋아하는 곳을 새롭게 찾는 것이 너무나 큰 기쁨이었다. 내가 사랑하는 그녀니까.

그리고 키스를 할 때와 마찬가지라는 생각으로 그녀의 소중한 곳도 애무해 주었다.

미소: 서달 씨, 나 지금 너무 환상적인 경험을 하는 거 같아. 그치만 좀 더러울까 봐 걱정돼.

서달: 아니야, 이게 페로몬 같은 걸까? 당신의 향기가 너무 포근하고 아늑해.

미소: 정말? 너무 기분 좋다. 이젠 내가 해 주고 싶어.

서달의 사랑이를 정성스레 쓰다듬는 미소. 그들은 직감적으로 한 단계 더 나아가야 함을 느낀다.

넷: 소리

숲 속에는 아름다운 새의 지저귐이 어울린다. 시끄러운 자동차의 경적 소리는 어울리지 않는다. 반대로 신나는 파티는 어떠한가? 강렬한 비트의 힙합 음악이 어울린다. 갑자기 잔잔한 요가 음악이 나오면 분위기가 이상해진다.

섹스. 이 가장 아름답고 섹시한 순간에는 어떤 소리가 어울릴까? 당신이 좋아하는 소리들은 어떤 소리인가. 골라보자. 사랑하는 연인과 함께 골라 보면 더 즐거운 시간이 될 것이다.

1. 예쁘다 칭찬하는 목소리

2. 무언가를 얻기 위해 가식적으로 칭찬하는 목소리

3. 어린아이처럼 칭얼대는 신음 소리

4. 흥분으로 인한 거친 숨소리

5. 살이 부딪히는 소리

6. 당신이 최고라고 말하는 목소리

7. 타액으로 인해 키스 시 나는 소리

8. 귀에 가까이 대고 내는 신음 소리

9. 구강성교 시 나는 소리

10. 방귀 소리

11. 부드럽게 살을 쓰다듬을 때 나는 소리

12. 거칠게 포효하는 신음 소리

13. 관계 시 느끼는 것을 많이 표현하는 목소리

14. 침묵 안에 들리는 호흡 소리

15. 중저음으로 내는 신음 소리

16. 고음으로 내는 신음 소리

17. 원하는 체위나 부위 등을 요구하는 목소리

어울리는 상황에 어울리는 소리를 내는 것은 중요하다. 이 또한 중요한 애무의 요소 중 하나라고 할 수 있다.

당신의 목소리는 상대방을 얼마나 애무하는가?

부정적인 불평과 잔소리로 상대방을 괴롭게 하기보다, 칭찬과 부드러운 목소리가 애무에 더 좋은 목소리임에는 분명하다. 나만의 높낮이를 가진 음정, 음색, 강도 등을 생각해 보자. 녹음을 해서 들어 보는 것도 좋겠다. 부정적인 소리를 제거하고 기분 좋은 이야기를 하는 것만으로도 훌륭한 효과를 볼 수 있을 것이다.

마지막, 사랑의 춤 愛撫

우아하고 가볍지 않은 탱고 음악이 어울릴까. 두 사람의 부드럽지만 격정적인 사랑의 춤이 시작된다. 이 순간만큼은 세상에서 하나뿐인 자물쇠와 열쇠처럼 그들의 관계는 특별하다. 아무도 올 수 없는 비밀의 섬에서 그들만의 특별한 여행을 하고 있다. 우리가 있는 곳은 어딜까? 그들은 함께 천국으로 향해 가고 있다.

미소: "잠시 이대로 있어줘."

둘은 뜨거워진 몸으로 한참 동안을 꼭 껴안으며 천천히 키스를 나눈다. 어쩐지 섹스 후에는 운동한 직후처럼 온몸의 근육이 기분 좋게 긴장되었다가 풀어져 졸음이 쏟아진다. 특별한 사랑의 호르몬 때문이리라. 오르가슴에서 나온 엔도르핀이 몸과 마음을 이완시켜 계속 수면을 재촉한다. 강력한 수면제다.[6] 내일은 몇 시에 일어나야 한다는 강박도 없다.

---

6. 박혜성,『우리가 잘 몰랐던 사랑의 기술』, 경향신문사, 2008.

서달: "꿈에서 너 못 볼 거 같아서 잠들기 싫어."

미소: "정말? 나도 보고 싶을 거야."

서달은 그녀의 손등에 키스를 한다.

서달: "이건 영원히 헤어지기 싫다는 뜻이야."

서로를 꼭 껴안은 채 단잠에 빠져든다.

네 가지의 감각을 중심으로 살펴본 애무. 국어사전에는 애무가 "주로 이성을 사랑하여 어루만짐"으로 기록되어 있다. 여기서 알 수 있는 애무의 기본은 사랑이다. 정말 뻔한 이야기이지만, 모든 뻔한 것들이 그렇듯 가장 소중한 것이다. 잊혔을 때 가장 가슴 아픈 것이 바로 뻔한 것이다.

서로 떨어지기 싫은 간절한 마음은 어디에서 생겨났을까?
내 몸을 네 몸의 일부로 만들고 싶다는 느낌.
네 몸을 내 몸의 일부로 받아들이고 싶다는 느낌.
섹스란, 사랑의 춤이다.
서로의 사랑을 표현하는 이것은 그 어느 춤보다 아름다우며,
가식이 자리할 수 없는 고립된 우리만의 세계이다.

● ● ●

자웅동체

태어나는 순간부터 죽음에 이르기까지. 당신은 혼자다. 그 지독한 외로움이 빚어내는 창조물들은 실로 다양하다. 외롭기 때문에 친구를 사귀는 것부터, 외롭기 때문에 죽어야 하는 사람들, 외롭지 않기 위해 돈을 벌어야 하는 사람들. 외롭지 않기 위해. 외롭지 않기 위해….

인간이 가진 감정 중에서 가장 무서우면서도 사람을 창의적으로 만드는 것이 바로 이 '외로움'이다. 어린 시절 '만들어 볼까요'라는 프로그램을 즐겨 보았다. 그 가사는 바로 이렇다.

심심한 날 친구가 필요한 날
나는 나는 친구를 만들죠
신기한 친구 귀여운 친구

내가 만든 친구 그 친구는
요술쟁이
만들어 볼까요?

그것은 재활용품, 예를 들어 요구르트 병을 가지고 벌을 만들어
본다든지 하는 방송이었다. 그래서 실제로 벌을 만들고 보니 TV와
똑같이 만들어지지는 않았다. 하지만 내가 만든 나만의 벌이었기
때문에 그것은 정말 나만의 친구가 될 수 있었다. 책상 위에 두고
가끔 보면 마음이 알 수 없이 흐뭇해졌다. 내 손으로 창조한 것. 나
와 벌의 관계다. 때 타고 찌그러져도 버릴 수 없을 만큼 나의 사랑
이 오롯이 담겨 있다.

모든 관계들이 이렇게 내가 만들어 온 것이다. 내 마음이 담겨
있는 관계다. 내가 친구로 생각하니 친구고, 연인으로 생각하니 연
인이다. 하지만 가끔 그 관계가 없어도 살아갈 수는 있지 않냐는
의문이 든다.

대체 우리는 왜 관계를 해야 할까?
왜 혼자서 살게 만들어지지 않았을까?

플라톤의 『향연』에서는 이에관한 재미있는 이야기가 있다.
애초에 인간은 남녀가 아니었다. 둥근 등과 옆구리를 가진 하나
의 몸이었다. 그래서 팔도 4개였고 다리도 4개였다고 한다. 그러

면 어떻게 걸었을까? 곡예사처럼 덤블링을 하며 굴러다녔다고 한다.

하나의 몸이었던 인간은 너무 완벽해서 야심이 대단했다. 이때는 오만해서 방종하게 굴었다. 아마 사랑의 개념도 필요 없었으리라 추측된다. 스스로를 사랑하면 그만인 존재인데 뭣하러 타 생명체를 사랑해야 할까?

그렇게 살아가던 인간은 어느 날 신과 싸워 이기려 했다. 이에 화가 난 제우스 신이 인간을 둘로 쪼개버렸다.

이에 몸이 쪼개져버린 인간은 자신의 반쪽을 그리워하며 다시 한 몸이 되고 싶어했다. 어쩌다 자기 반쪽을 만나면 서로 껴안고 떨어지지 않으려 했다. 떨어지면 아무것도 하지 않았기 때문에 굶어죽어갔다. 이렇게 하다가는 인간이 멸망할 수도 있었기 때문에 제우스 신은 특단의 조치를 취하게 된다.

남성과 여성으로 나눈 것

그 결과 남성과 여성이 만나면 서로 결합하려는 욕구가 생기고 자손을 번창한다. 혹시 같은 성끼리 만나면 만남 자체로 만족하므로 욕망을 진정시켜 자신의 일에만 몰두하게 만든다고 한다. 지금 우리의 몸이 남녀로 나뉜 것은 이러한 것의 결과인 걸까? 그렇다면 몸이 나뉘기 이전처럼 인간에게 '섹스'가 없다면 어떨까? 상상해보자.

인간에게 섹스가 없다면?

1. 아기를 출산할 필요가 없으므로 가정을 꾸릴 필요가 없다.

2. 가정을 꾸릴 필요가 없으므로 사회를 구성하는 가장 작은 단위가 사라지게 된다. 사회가 사라지게 된다.

3. 타인을 위해 노력할 이유가 없다.

4. 타인을 사랑할 이유가 없다.

5. 아름다울 필요가 없으므로 아름다움은 사라질 것이다.

6. 우리는 곤충처럼 번식하면 되므로 서로를 소유할 필요도 없다.

7. 남자와 여자가 필요 없으므로 차차 성기가 퇴화될 것이다. 심지어 성의 구분이 사라질 것이다.

8. 예술은 죽을 것이다.

9. 돈이 없어질 것이다. 세상의 아름다운 야경들은 더 이상 볼 수 없을 것이다.

10. 번영해야 하는 이유가 사라진다.

고작 '관계'가 사라졌을 뿐인데, 왜 모든 것이 사라질 거란 상상이 가능할까? 자칫 아무것도 아니라고 생각할 수 있는 이 '관계'가 인간의 삶에 없어서는 안 되는 공기와도 같기 때문이다.

공기가 미세먼지로 가득찬 세상에서는 그 누구도 편하게 숨 쉴 수 없다. 부자도, 거지도, 대통령도, 시민도. 고통 앞에서는 평등하다. 하지만 공기의 질이 높아지면 맑고 시원한 공기로 인해 누구나 기본적인 행복을 느낄 수 있다.

관계는 단지 공기와 같은 기본적인 것일까? 그렇지 않다. 관계는 인간을 생각하게 하고, 번창하게 한다. 아름답게 만들고, 멋지게 만든다.

인간 사이의 관계가 사랑으로 가득차면 예술이 탄생하고, 세상이 아름다워진다. 더 높은 차원의 행복이 가능해진다. 세상의 아름다움을 창조하는 이 '관계'를 가질 수 있음에 경이로움을 느끼길 바란다. 당신이 만들 수 있는 이 '사랑', '관계', '섹스'가 그 무엇보다 소중한 것임을 깨닫기 바란다. 아무것도 그 위에 있는 것은 없다.

내가 이 세상에 태어난 이유는 무엇일까.
나는 왜 끝없이 외로움을 느끼는가.
나는 무엇을 위해 오늘도 살아내고 있는가.
때로는 지옥처럼 힘든 날들을 이겨내고 있는가.

혹시 언젠가 나와 함께 제비넘기를 하며 세상을 함께 즐길
나의 반쪽인 그대를 찾고 있기 때문은 아닐까.

에필로그

여기까지 온 당신에게

　세상에 하나뿐인 당신의 반쪽을 찾아서 떠나는 인생 여행의 여행자인 당신.

　때로는 잘못된 만남으로 아픔과 트라우마가 생겨 온 마음이 해진 채로 계속 걸어가야 될 때가 있다. 그때는 생각해보라.

　신에 의해서 반으로 잘린 나의 반쪽이 언제나 나를 애타게 기다리고 있으며 나의 모든 것을 안아줄 것이다. 만났다는 이유만으로 서로 너무나 행복해서 얼싸안고 떨어지기 싫을 것이다.

　언젠가 그를 만나 그의 품에서 실컷 울고 삶이 고단했노라고 이야기할 수 있을 것이다.

　꼭 맞는 두 사람은 언제나 대화를 통해 모든 세상을 함께 이해할 것이다.

　예쁘지 않아도, 돈이 없어도, 집이 없어도, 차가 없어도, 누군가 나를 싫어해도. 사실 그런 것은 더 이상 의미가 없다. 그는 괜찮다 말한다.

내가 하는 모든 일들은 그 사람과의 좋은 관계를 유지하기 위함이다.

그 일들에 쫓기다가 겨우 찾은 좋은 관계를 놓치는 말실수를 하지 않길 바란다.

그 어느 것도 당신의 반쪽보다 소중한 것은 세상에 없다. 그와 하는 섹스는 선물이며, 세상에서 가장 아름다운 창조다.

자연스러운 행복감만이 남는다.

상대방을 존중하고, 얼마나 소중한지 매일 느끼고 행복해 하라.

당신이 관계를 무시하고 천대한다면

정말 어느 날 화난 제우스 신이 우리의 성기를 모조리 잘라 버리고, 몸을 한 번 더 반으로 잘라버려서 한쪽 다리로 경중경중 뛰어다녀야 할지도 모르지 않는가? 아니, 당신에게서 "섹스의 기쁨"을 앗아갈 것이다. "관계의 행복"이 사라질 것이다. 그 허무함을 상상이나 할 수 있을까.

나는 당신이 행복한 여행자이길 바란다.
당신의 삶의 끝에서, 비로소 내가 원하는 연인과
행복하게 살아왔노라고 말할 수 있길 바란다.

나는 내가 행복한 여행자이길 바란다.
나의 삶의 끝에서 나와 진정으로 사랑한 사람과
행복하게 살았노라고 말할 수 있길 소망한다.

● ● ●

Tanks to...

영원까지 함께 할 My lovely fiance Averil Daryl and his HUG.

내 모든 혼란의 밤에 골골송을 불러준 나의 애기들 Tanya, Keyshia, Bru.

항상 든든하게 지지해주는 가족, 친구들, 좋은 지인들, 티티. 샐러드와 누들.

마지막으로 사랑하는 우리 엄마에게 이 책을 바칩니다.